阿濃 著

山邊出版社有限公司

序

身邊有故事

我是説故事人，腦海中有許多故事，也寫過許多故事。這些故事感動了不少人，使他們成為我的朋友。結果我們之間又產生新的故事。

每天我身邊繼續發生一些故事，可能是別人不留意的，聽在我耳裏，記在我心裏，把他們編排一下，讓他們變得有趣，一一告訴大家。

有些事情感動了我，有些事情引起我思考，這些感想和思考你也可以當故事看。故事的主角是我，我想，我思考，就是我的活動，活動有了結果，就是故事的結局。

我的身邊有貓，一隻美麗又有個性的貓；我的身邊有花草樹木，滿眼青綠，四季競豔；我的身邊有各種鳥兒，飛翔鳴叫；我身邊有不同的家庭，呈現各式親情；我身邊有諸式人等，各有個性；我身邊有情侶對對，或甜美或苦惱；我身邊有美意詩情，惹我為它

們歌詠:我身邊大事小事，樂事悲事，都給我生命啟示。

我回顧了過去的一些身邊事，他是我的人生紀錄，形成了今天的我。

我介紹了一些曾在身邊陪伴我度過寂寞童年的故事書。它們仍在許多孩子的牀邊枕邊陪伴。

如此種種，令我的生命無比豐富，他們在我身邊，也可能在你身邊，只是你可能沒有察覺，聽我說後，可能使你想起，並且有了新的角度去看人處事，但願因此你會生活得快樂一些。

我有一部小小的照相機，見到美麗的、有趣的、值得紀錄留念的就隨手拍下來，結果它們配合我的故事，讓讀者的你有更真實親切的感受。

親愛的朋友，看完我的故事，你可有興趣，也開始紀錄你身邊的故事？

阿濃

目 錄

人生紀錄冊

童年閱讀

身邊花草樹

玫瑰無愧

　　她今天生日，不敢約她吃飯，因為約她的人會很多，也因為我失業半年，沒錢請她吃頓好的。

　　我知道今天會有不少人送花給她，一打或兩打玫瑰，甚至九十九朵。這季節玫瑰已開到最後，記得有個叫阿濃的寫了一首詩，題目就是《夏日最後的玫瑰》，他說：

> 當楓葉稍露羞紅
> 作為最後的愛的使者
> 你出現在我窗前
> 以淡淡的黃
> 向我道別

　　花店裏賣的是温室培養的產品，有多種顏色，朵朵鮮美，但價錢也很貴。我窗前也有兩株老幹玫瑰，每年開花三批，第三批數量較少，花朵較小。如今正是第三期的末尾。待我去看看，能不能摘來送她？

　　起初我一朵也看不到，正失望時，葉底似有顏色，撥開一看，一朵淺黃色的玫瑰向我微笑。它十分完整，

還未開盡，是一朵花最佳狀態。

　　我小心把它剪下，給它輕輕一吻，對它說：「請把這吻帶給她。」

　　我總覺有點不安，她不知道這是我手栽的玫瑰，我曾為它初春剪枝，仲春施肥，為它除蟲，為它去霉。這是我今年留下的最後一朵，我把它送給我的最愛。她會不會覺得我寒酸、吝嗇，送比不送更糟？

　　當我心神不定想離開時，襯衫被枝條的刺拉住。我試把那刺解開，手指一痛，刺已戳進我的手指，鮮血冒出，像一顆紅色的珍珠。它忽然滾下，掉進那朵黃色玫瑰的花心。

　　我習慣性把受傷手指伸進口裏吮吸了一下，心中再無忐忑，我的玫瑰無須自卑，它是最珍貴的一朵。

櫻花樹

　　這棵櫻花種在他家前園有二十年了，種的時候他仔細研究了位置。他的起居室有一扇大窗，他知道當樹長大時，一樹的燦爛將成為室內一幅大畫。

　　他的計劃完美地實現，樹一天天長大，每年三月，早已含苞的櫻花，由一樹淺紅，綻放出十萬顆花朵。晨昏、晴雨、正照、斜陽，從銀白到胭脂時刻在變幻。其間還有許多蜜蜂在花間鑽進鑽出。

　　他為櫻花拍了許多照片，從室內到樹下，傳送給分處四海的友人。照片還成為他寫的書的插圖，告訴讀者他擁有一棵這樣出色的樹，說明他的生活是多麼美好。他年事漸長，體力要求他離開這間大屋，連幾千尺的園子。他拖延着，捨不得放棄過萬冊藏書的大部分，也捨不得他手植的玫瑰、杜鵑、牡丹、茶花、楓樹、繡球和這棵櫻花。他每晨在附近街道散步，方圓幾公里內，他家的這棵開得最美。路過的行人常在樹下拍照，也曾有年輕情侶要求贈他們一小枝，他慷慨地為他們送上，看着他們雀躍離去。

　　搬遷的日子終於來臨，正是落花季節，粉紅的花瓣隨風散落一地，他含淚離去。

　　新居離舊居不遠，是一間新建的公寓，舊居仍在他散步範圍。

　　又是櫻花開放季節，他妻子發現他每次散步歸來，臉色沉鬱，話也不想説。

　　「有什麼不開心？」

　　「櫻花開了。」

　　「睹物傷情，何苦前去？」

　　「不去，不去！」

　　過了半月，他散步回來，一臉愁緒。

　　「又去舊居了？」

　　「沒有。」

　　「這是什麼？」

　　妻子從他白髮叢中抽出一片粉紅花瓣。

黃金李

我在後園種了西梅、富有柿，十多二十年，連花都不開。種了奇異果，開花而不結果。種了無花果，結了果卻不成熟。後來知道是陽光不夠的緣故，跟詩人洛夫在寶島農場各買了一株黃金李後，就把它種在前園了。從第二年起就有果子吃，從最初的數十枚到最近的約千枚。

黃金李（golden plum）超市和果菜店都罕見，大概由於它不耐久存。從最初的具肉質，到化為一泡甜水，十天而已。但其味清甜，齒頰留香。

果子一多就來不及吃，只得分贈親友和鄰居。內子一年一度遍訪四鄰，就是為了送李。

李樹越長越高，近地面的枝條越來越疏，李子生長的地方爬上梯子也夠不到。用長柄截枝器割取，直做到頸項也硬了。

後來我採取了搖樹法，大力搖樹，李子如雨落下。可是李子已熟，表皮吹彈得破，掉在草地上都咧嘴而笑。這些裂開的只能供自己吃。

電腦上看機械摘櫻桃，用的也是搖樹法，不過是用機械臂來搖，樹下有一塊大帆布，櫻桃都掉在帆布上。就目前所見，今年李子會豐收，我要找一塊大帆布半懸空在樹下，到時大搖特搖，享受豐收的樂趣了。

向花學習

粉色的櫻花謝了，黃色的迎春謝了，早開的細葉杜鵑謝了，大葉的杜鵑開得熱鬧，玫瑰一開數十朵，牡丹的花苞一天比一天大，到她盛開時便是女兒的結婚周年紀念日，沒有一年爽約。那年女兒的結婚花球就是用這幾棵盛開的牡丹做的。

世情多變，平安的日子忽然會風急浪高。太平盛世會變得草木皆兵。人們的生活好像遇上泥石流，好日子慘被埋葬。許多人的生活發生巨大改變，情緒也受影響。

忽然覺得我們真要向花兒學習，不論世界如何變化，哪怕是戰火紛飛，疫症流行，她們還是定時開放，爭妍鬥麗。尤其是山野那些，無須照料，不用灌溉施肥，也無須噴灑殺蟲藥劑，就開放個漫山遍野。「感時花濺淚」，感傷的只是詩人自己。

如何學習？就是在紛亂中保持心境的寧靜，留給自己適意的時段，在個人的小天地中自得其樂。讀書、寫字、繪畫、唱歌、奏樂，跟家人弄點好吃的，與朋

友玩些有趣的。

　　當你看到牆角的小草，開着樸素的小花，在風中搖曳時，請把她們當做老師吧。

屋角竹樹

東坡先生說：「無竹令人俗。」覓得新居之後，即思植竹。此間植竹者不多，有說竹根富侵略性，在地下四竄，再在地面生長為竹林，難以規管。對付之法是把竹樹植於鐵桶中，限制其根之擴展。我植此竹過十年，未見此弊。

竹樹種類繁多，具觀賞性的即有斑竹、佛肚竹、紫竹、金錢竹、方竹等等。此間園圃供選擇者不多，我選了較清瘦的一種，夠清秀的。除觀賞外，竹筍不能吃，竹竿幼小難作用途。記得小時跟父親釣魚，他就在竹林中就地取材，截取一長度粗細合宜者作釣竿。當魚上釣時，釣絲拉到垂直，竹竿彎彎，最是緊張刺激！我種植的這款竿身幼小，可用來扶植牡丹。

園中牡丹屬草本，花開大若湯碗。一到雨天，層疊之花瓣中滿灌雨水，花莖乏力支撐，芳華委地，蒙受泥污，使人心疼。需要逐朵以竹竿扶持。我種植的竹粗細恰可。一年用罷，第二年可再用。

蘇東坡在《記嶺南行》中說：「嶺南人當有愧於竹，

食者竹筍，庇者竹瓦，載者竹筏，爨者竹薪，衣者竹皮，書者竹紙，履者竹鞋，真可謂不可一日無此君也耶。」我非居嶺南，也不是東坡所處時代，環顧家中，竹製用品不多。只有煮麵用的竹筷，墊碟用的竹墊，蒸餸用的蒸籠，切菜用的竹砧板，用得最多的要算毛筆，每天都要握管，跟它親近。

看那禿枝

在禮品店買了一本小書，書名是 *Now is the Time*，中文可譯做《是時候了》，副題是 *170 Ways to Seize the Moment*，可譯做《170 種莫失良機的方法》吧。

想不到其中有一種竟是 To gaze at the winter trees（看那冬日的樹）。

內文是：他們看上去光禿禿的有點悲愁，但你要看到他們必將重新生長，會開花，會結果。

我長久以來欣賞樹木的禿枝，以灰色的天空為背景，將他們拍攝下來。發現他們各有各的姿態，由樹幹到粗臂到細枝，伸展着，鋪排着，像一幅幅針筆素描。

要畫一幅大樹禿枝的針筆素描，筆畫以萬計，需要許多時間，但造物者以大能繪就無數幅這樣的素描，成為冬日灰色天空的點綴。

我最喜歡的是書上最後一句：We all have our seasons（我們各有自己的季節）。

　是的，青少年是春季，壯年是夏，中年是秋，而
我已進入冬季。

　「各有自己的季節」該如何理解呢？就讓我想想：

　我現在冬季，但我經歷過春、夏、秋，各有各的
特色，各有各的美麗，各有各的快樂和憂愁。而即使
是「憂愁」，也在生命留下印記，使他豐富多彩，供
給回味和追憶。要知道不是人人能完成四季的循環，
這也算一種福氣。

　想一想冬日的禿枝，卸盡牽掛，傲立於寒氣中，
迎接生命的考驗，心嚮往之。

牛嚼牡丹

「牛嚼牡丹」是粵語俗諺，「嚼」被寫成口旁一個「趙」字，讀音也是「趙」，「嚼」的意思。這俗語意思是浪費了食材。

牡丹被稱花中之王，富麗堂皇，作欣賞之用。但牛可不懂得欣賞，像吃草似的吃了。這實在是一個悲劇。

說它是悲劇有四種情況：

一是牡丹莫名其妙地被牛當平賤的草一般吃了，失去她應有的價值，所謂「明珠暗投」，魚翅被當了粉絲，這也罷了，更糟的是牛大哥還要嫌三嫌四，說這東西味道不好，難吃！

二是牡丹可能不知道自己的價值，是她自己甘心做牛的飼料。旁人看了可惜，她自己卻懵閉閉。悲劇的重點在愚昧。

三是牡丹其實並非自願，是被愚蠢的人錯誤地派她作此用途。

四是牡丹受到黑心人的懲罰，故意將她如此踐踏。

對牡丹來說，最痛苦的應是第四，第三還可歸諸命運，第四是怨憤之極了。但以旁觀者來說，最覺悲哀的是第二，因為她錯了還不知道。

落葉已盡

　　經過「霜葉紅於二月花」的賞葉季節，千片萬片的葉子開始往下掉。風一吹，灑下一陣葉雨。園中哪怕只有一棵落葉樹，每天就可積下幾袋。如果有幾棵大樹，掃葉的辛勞逼得你想放棄。

　　公園裏樹多，職員任務在身，落葉定要處理，他們用的是吹葉機，把落葉吹成一堆，集中處理。如不運走，就堆積在花圃讓它們變成肥料。

　　一堆堆的落葉總會引誘孩子和頑皮的狗，衝進葉堆，濺起小堆葉浪，陽光下是冬日一景。

　　當葉褪盡，樹枝顯露美麗的線條，在冬日晴空或灰暗的天幕襯托下，是一幅細緻的素描。技術最普通的攝影者，也能捕捉這冬日的畫意。

　　意外的是禿枝中偶爾會出現鳥巢，鳥已不在，或大或小的一個碗狀物，可想像當日建造的辛勞。巢主在完成哺育幼兒後舉家飛去，現在不知身在何處？他日又會不會回來重尋舊巢？

　　我手植的櫻花葉早落盡，但如細看，每一根細枝

上已含有蓓蕾，數以萬計。它們將經歷霜雪，待春天
到來，給我滿樹燦爛。

　　花開花謝，葉生葉落，如此循環已二十五載。人
壽有限，不知還能賞幾回花，掃幾次葉？

蒲公英媽媽的話

一百二十個蒲公英種子，一律穿着黑色貼身外衣，頭上一把羽毛狀的降傘，排成一個圓球狀的陣，聽媽媽講話。

孩子們，你們已經長大，是離開媽媽，展開新生命里程的時候了。

（「媽媽，我們捨不得你！」）

捨不得也要走。這是大自然的安排，你們想留也留不住。我們蒲族能夠生存在這世界，族羣從來沒有衰落過，靠的就是羣體的散播。

（「媽媽，我們害怕！」）

不用怕，媽媽會教你們生存的智慧。

明天風姨姨會送你們到不同的地方去，有的地方適合你們在那裏快樂地生活，有的地方你們無法生存，有的地方非常不歡迎你們，有的地方是自由的天堂。

你們將降落何處，可能不由你們自主，但是如果你們懂得運用降傘，會有多少選擇的空間。

（「媽媽快教導我們！」）

　　記得鄉村要比城市好，曠野更比鄉村好。

　　城市車多、人多，空氣污濁，堅硬的水泥地覆蓋着泥土。別以為人家前後園的草地，會讓你們立足。人們認為我們是雜草，破壞草地的整齊劃一。他們想盡辦法，要把我們連根拔掉。在鄉村，屋後、田邊都是可以停留的地方，我們開的黃色小花，也有鄉村姑娘欣賞。但最好的地方還是曠野，我們可以無限制地生長，千朵萬朵，接受雨水灌溉，陽光撫愛。到你們的下一代成長後，風過處，滿天都是你們的下一代在

飛舞。但願你們有幸運，生活在這樣的樂土。

✿　　　✿　　　✿

　　第二天早上，風姨姨呼呼的來了，一百二十個蒲公英種子，和其他人家的孩子，一同飛上半空。

　　「親愛的媽媽再見！」

　　「孩子們再見！」

身邊的鳥

失明的貓頭鷹

樹林裏有一隻貓頭鷹
牠的眼睛已經失明
憑着智慧仍能覓食
月色下總見牠孤獨的身影

樹林裏有一隻夜鶯
牠的歌聲最是動人
每晚牠都會探訪貓頭鷹一次
除了唱歌還會聊天

這個晚上看來跟平常一樣
只是貓頭鷹看上去有點鬱悶
「今晚的月色一樣好，
好朋友你為什麼不開心？」
「一朵雲擋住了月亮，
這銀白就欠了幾分。」
夜鶯舉頭一看果然
失明的貓頭鷹比牠「看」得更真

「今晚的蟲兒伴奏得不差，
你聽牠們還在眾聲齊鳴。」
「午間有小孩捉走了一隻蟋蟀，
如今少了牠一把聲音。」

「好朋友你真能聽得出？
佩服你耳朵真靈！」
「我的耳朵不比你好，
我不是用耳朵，我是用心去聽。
好朋友今晚你一定很忙，
別陪我了，去做你的正經。」
「貓頭鷹大哥我真服你了，
你怎知道今晚我有點兒趕？」
「説出來其實很簡單，
剛才你唱歌比平常快了兩秒時間。」

夜鶯聽了不禁臉紅

「這聰明的朋友實在敏感！」

「謝謝你這麼忙還來看我，

你快走吧，我們明晚再見。」

夜鶯過意不去還在遲疑

「那朵雲已飄走，

就讓我靜靜享受這詩意的夜寒。」

夜鶯振翅離開
不放心卻又回頭
見貓頭鷹白眼向天
喉嚨裏一聲哀啼
在這靜夜特別清晰
「對不起，好朋友。」
夜鶯不忍再看
繞個圈又再飛去
幾點清淚隨風灑下
奏琴的蟋蟀以為是下雨

一路鴉噪

　　每晨散步一小時已成習慣，我喜歡邊行邊唱。經過一處小公園，裏面一個人也沒有，我進去高歌一番，只有一隻啄木鳥在籃球架的籃板上，以每秒十數下的啄聲與我相和。牠是此地常客。

　　近日發現有一隻烏鴉跟着我叫。此地的電線不像香港那樣埋在地底，而是舊式的用電線杆支撐傳送。反正加國有的是木材，一棵樹就是一根又直又高的電線杆。這烏鴉站在電線上啞啞的向我叫。我繼續前行，牠邊叫邊在我頭上打旋，然後飛前一格，停在另一段電線上叫。雖然我不迷信，不把烏鴉叫視為不吉利，但牠單調嘶啞的聲音還是相當討厭。

　　我們互相用聲音對抗，我相信牠不會像希治閣電影中的鴉羣那樣攻擊我，但我怕牠在半空排糞掉在我頭上。幸好這樣的事也沒有發生。就是如此牠一直追隨到我轉入另一條街為止。

　　我不知道牠的聒噪是否與我的歌聲有關，因此我試過故意閉嘴不唱，走了小半條街不見烏鴉出現，只

在遠處有一兩隻飛翔。於是我故意引吭高歌，在幾秒鐘裏就飛來一隻烏鴉對着我叫，又一直陪我到街的轉角。

　　我不知道牠的目的何在，是與我共鳴，還是把我的歌聲當做討厭的「人噪」？

清晨的鳥鳴

　　清晨四時醒來，聽到窗外有不知名的鳥兒在叫。房間裏不知外面天亮了沒有，想起是因為天氣熱了，牀頭的窗戶開了半扇，鳥鳴聲才如此入耳。

　　是連續不斷的細訴，不像多嘴如小學生的麻雀，盡說些無聊的話。當然不是語氣惡毒的烏鴉，一開口就像咒罵。也不是畫眉和百靈鳥兒，一早就來練嗓子。聲音中明顯帶着愁怨，而且是訴之不盡那種。

　　我不知身為鳥兒會有什麼傷心事？杜鵑泣血只屬文人的想像。不過那名叫「苦哇」的鳥兒，的確曾增添我童年的苦痛。戰禍加瘟疫，使巷子裏每天都傳出喪家的哭聲。池塘邊的蘆葦叢中不知哪一天起就不停聽到牠們「苦哇！」「苦哇！」的叫個不停，而記憶中並不曾聽過這樣的悲鳴。

　　一時無法再睡，就繼續讓牠在我耳畔埋怨。作為寫作人不免會為牠加上一些想像。

　　是她的男友一去不回？那麼多的承諾都成空言？天大地大，我何處將你尋覓？是不是你有了新的伴侶，

只見新侶笑，那聞舊侶哭！

　　是不是過去的冬天太長，下了比往年多幾倍的雪。那些蟲兒的卵都被凍死，做母親的找不到食物給孩子充飢。

　　是辛苦哺育的孩子一日間全部飛走，剩下母親痛心悲鳴？詩人白居易並不同情，說「當日父母念，今日爾應知」，知又怎樣，這世代延續的悲劇。

　　或許這所有猜想都只是猜想，鳥聲只是反映聽者的心緒。

窗外啄木鳥

在電腦上打稿，文思有點滯塞。望向窗外，見樹幹上有隻啄木鳥正在努力工作。

牠的身體豎立着，跟樹幹平行。用牠的尖嘴在樹身上猛啄，木屑飛濺，已經形成一個小洞。

這一區啄木鳥不少，在附近公園散步時，常常忽然聽到籃球架的護板被撞擊的聲音，那頻率非常之高，我知道是啄木鳥在遊戲。這種金屬護板，裏面一定不會有蟲。啄木鳥一次又一次的啄它，肯定是在玩耍。

去 Google 啄木鳥的資料，得知牠有一百八十多不同品種。牠每天可以吃掉一千五百條害蟲，因此有「森林醫生」稱號。牠每天可以用嘴敲擊五百至六百次，敲擊的頻率極快。別擔心會引起腦震蕩，牠的頭部有三重防震裝置，因此工作不影響牠的健康。

我每天在電腦鍵盤上敲擊，啄木鳥卻已完成牠的工作。見牠藏身洞內，自在地伸出頭來向外張望。

又過了一段日子，但見牠頻頻飛去飛回，嘴裏還啣着一些看不清楚的物件，我猜，小啄木鳥大概已經

出世。

　果然，在大啄木鳥飛出時，有小鳥在洞中探頭探腦。因為每次只得一隻，我不知道共有幾個幼雛。

　終於在看到大啄木鳥飛出時，有小鳥跟隨，但很快返回洞中。

　當這景象習以為常，我少了向窗外窺望。直到有一天我發現那小洞長時間不見有鳥兒進出。我知道這次生產工程已經完成，留下的「產房」會不會留待下一次傳宗接代？

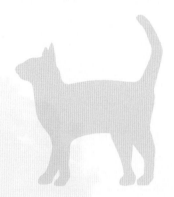

身邊的貓兒

貓的尊嚴

趣趣，動物之中懂得維護自己尊嚴的非你們貓族莫屬。

看馬戲團，勇猛如獅子，也乖乖的表演牠們其實沒興趣的動作，那是因為指揮牠們的馴獸師，手上有皮鞭和味道很好的食物。聽話就有獎賞，不聽話就會捱皮鞭。據說大象的智慧很高，但在馬戲表演中也少不了牠們每天重複的動作。在馬戲姿彩繽紛的舞台上，絕少看到你們貓族的身影，我相信不是因為你們蠢，而是你們拒絕合作，皮鞭的威脅和食物的引誘都不能動你們分毫。

我們人類之中有位詩人叫陶淵明，他極有學問，在彭澤地方做縣官。有一次他的上司要來當地巡視，陶淵明聽說這人是個草包，什麼都不懂，卻要作威作福。但根據官場禮節，陶淵明要恭恭敬敬的接待他。陶淵明覺得屈辱，就除掉官服，放下印信，辭職不幹了，他說不想為五斗米折腰。五斗米是他的薪俸，折腰是恭敬行禮的姿態。

　　趣趣，當你的食物吃完了，我又忘記為你添加時，你沒有走來喵喵的討食。但是不論我走到哪裏，都見你蹲在路中間。你不聲不響，就是坐在那裏望着我。我終於醒悟，一定是我忘記為你加添食物了，過去看看，果然。你不吵不鬧，很懂得忍耐；你不乞不求，維持你的尊嚴。作為一個小動物，在飢餓的時候，還有這樣的自尊自愛，我對你佩服得不得了。

愉快的聲音

趣趣，你是一隻安靜的貓，很少講話。但你從胸膛發出的咕嚕聲，卻好比美妙的音樂。

把你抱在我的膝上，輕輕搔你的頸脖，你閉上眼睛享受，還扭動頭頸，表示你想搔癢的位置，這時你就發出咕嚕咕嚕的聲音，好像身體裏面裝了一個小風箱。我知道這表示你感覺舒服和愉快，而且你要通過這聲音，告訴我們你的感覺，作為回報。

寒冷的冬天，我睡覺時把你抱進被窩，我們的睡牀本是你的禁區，你自律性高，從不犯禁，這意外的優待，使你發出驚喜的叫喚，隨即響起最響亮的咕嚕。

你是長毛貓，要經常為你梳理，梳過之後特別貼身並且有光澤。你喜歡梳毛的感覺，一見到我們拿起那把鋼梳，已經咕嚕咕嚕的響起來了。如果有較長一段時間沒幫你梳，毛就會打結甚至結成一餅餅，硬要把它梳開，你就會覺得痛，裝個樣子要咬人。説你裝樣子因為你從不真咬。裝樣子咬人後就掙扎逃走。要把你捉回來，用剪刀把成餅的毛塊剪掉。

　　趣趣，不知為什麼近幾個月你喜歡跳上電腦枱陪我。你縱身一跳，就超越你身高的幾倍上了桌面，跨過鍵盤，來到我的左面。你背着我，放軟身子伏下，等待我的撫摸。我的手一到，你的咕嚕應聲而起，就這樣咕嚕着陪我打完幾百字幾千字幾萬字。

　　我們互相聽不懂對方說些什麼，聽到的只是語氣，但這咕嚕咕嚕的聲音，是我們之間愉快的交流，你告訴我你很享受，你很感謝，而我心中也充滿愉快。

磨礪以須

趣趣，你有尖利的爪子，我們都曾遭你的「毒手」，在我們的手臂上留下一條條傷痕。我們不怪責你，你也沒準備道歉。

抓傷我們都是意外，譬如幫你梳毛去到肚皮部分，你就會掙扎逃走，匆忙間你沒把爪子收起，就會抓傷我們。

當你跟我們玩耍時，會把利爪收起，我們用手掌互相輕拍。有時我正前行，你用兩隻前掌快速拍我足踝，目的是引我追你。我作勢追你，你飛奔逃走，肥屁股左右顛動，引得我大笑。

我知道你們的祖先是狩獵動物，利爪是你們捕獵和保護自己的武器，所以一定要保持尖利。而且如果任由爪子生長，會刺傷你們的腳掌。於是你們要找尋磨爪的地方。你們不知東西的價錢，上萬塊一套的真皮沙發、幾萬塊一套的紅木家具照抓可也。讓你們的家長又心痛又生氣。

於是寵物店有了磨爪柱和磨爪板，讓你們有被允

許的滿足心理的設備。我家的磨爪柱是用粗麻繩繞在木柱上做成，每次被你抓得亂糟糟一團時，最愛你的 Jo 便會為你再用新麻繩繞一個新的。可惜這個磨爪柱不能完全滿足你，另一張躺椅的背後已被你抓得遍體鱗傷。只因椅墊是粗糙的麻布，很能配合你的要求。

我發覺你一定會磨爪是每次用膳之前，好像開餐前要磨一磨餐具。

可能磨爪不能完全解決爪子生長問題，Jo 會用特製的指甲鉗幫你剪指甲，你表現合作，可稱「抵惜」。

對我來說，與趣趣你柔軟的手掌相握是一種享受。

臭屎密冚

趣趣，在我認識的動物中，懂得把自己的排泄物掩蓋的，似乎只有你們貓兒一族。

像表面比你們聰明的狗兒就不會，牠們的家長帶牠們外出散步，就是讓牠們在外面大小便。家長要帶同舊報紙或膠袋，把牠們痾出的臭臭拾起來。不這樣做的家長會被人責罵無公德。

你們懂得這樣做，據說來自遠古時代，那時你們還是野貓，因為害怕你們的臭臭被敵人聞到，會傷害你們；同時你們不想你們要捕食的小動物，聞到你們的臭臭會躲得遠遠。所以要把臭臭掩蓋。

到你們成為家貓了，這好習慣還保留着。養貓比養狗省功夫，這是原因之一。

我們為你設置了便盆，裏面放置貓沙，貓沙見水會結成一團團。從你很小很小來到我們家，你就懂得利用它。

便盆放在洗手間，每天早上我使用廁所時，你往往同時去排便。我看到你一臉嚴肅臉朝外蹲在沙盆裏，

工作完成後，你轉過身去，開始扒沙掩埋臭臭，你做得很認真，扒扒聞聞，直到臭臭被完全遮蓋。

網絡上看過有特別聰明的貓，會跳上馬桶，像人那樣排便，還會自己沖水。省錢又省事，真是貓中極品。

清理貓沙是家長每天例行工作，但難免有忘記的時候，當沙中有太多臭臭時，你會在沙盆外面留下一段小屎橛。趣趣，你用這樣的方式來抗議，是不是過分了一點？

最麻煩的事是有兩次你肚瀉了，稀爛的臭臭糊滿你的肚子和屁股，要幫你洗。你雖然怕水，但知道自己出問題了，表現合作。算你啦！

信是有緣

趣趣，我們相聚已忘記日子，最近看到你初來時用過的一瓶眼藥水，上面有日期，才知道你成為我們家庭的一分子已經十四年了，真是難得的緣分。

我想養一隻貓時，朋友老李家的貓剛生下四隻小貓，我向他討了一隻，黃黑白三色，貓女，四隻之中下巴最圓。

你初來時，才兩個月，很小很可憐的樣子，滿身是蝨，一隻眼有眼屎。幫你洗了澡，見獸醫檢查了身體，除了蝨，醫好了眼疾。你一天比一天漂亮，而且十分活潑，成為眾人的寵兒。

你腳步不穩，追逐會動的東西，跌倒之後在地上打滾。你喜歡鑽進大小的紙盒，又突然鑽出。你如此有趣，所以我們叫你趣趣。

你成為我寫作的題材，你的可愛傳遍加拿大兩岸。我在街上碰見認識我的人，常會問：「趣趣好嗎？」我去買份報紙，老闆娘也會說：「你近來沒有寫趣趣了。」許多人牽掛你呢！後來我寫了一本書叫《濃

貓》，都是你的故事和照片。封面那幅相，你充滿童真的樣子可愛極了。

你成為溫哥華三大名貓之一，其他兩隻一隻叫阿黃，陪老闆娘駐守花店，喜歡吃玫瑰花瓣。老闆娘拍廣告時帶牠出鏡。另一隻樣子像小老虎，名字叫愛因斯坦，暱稱蛋蛋。不怕人，會迎接客人和送客。牠的家長也是作家，筆名「純老貓」。她為自己的文章配圖，所有人物都畫成貓樣。

我跟太太去旅行，兩個女兒之一就要過來我家住宿陪你，瞧，你的面子多大！

不解之謎

趣趣，我們相交十多年，我對你仍有許多不明白的地方，可惜你不懂得怎樣告訴我。

我的兩個孫女很喜歡你，來到我家就要找你。她們滿懷熱望，想抱你，撫摸你，餵你吃東西。想不到你一見她們就躲到角落裏。

她們找到你，蹲下來想摸你，想不到你做出兇惡的樣子，兩隻耳朵向後披，嘴裏發出嘶嘶的警告。嚇得兩個孫女哭着說：「趣趣嘶我們！」

為什麼你這麼害怕小孩子，對她們這麼不友善？她們這麼小，聲音這麼甜，為什麼第一次跟你相見你就這樣害怕，做出防禦姿勢？

我們把你抱到鏡子前，讓你看看鏡中的自己，可是你一點反應也沒有，既不想交朋友也沒有敵意。是不是你根本不知道自己是一隻貓？因為你眼中看到的都是人，你以為自己也是這樣。

這十多年，除了剛來我家幫你洗過一次澡，以後就沒有再洗過。但是你十分乾淨，那白色的毛雪一般

白，而且一點氣味也沒有。趣趣，你就是憑你的舌頭保持了全身的清潔。

我家不時有家庭聚會，家人隨便坐立。你也不請自來，躺在某一處。但是我發覺，你躺的位置總是能看到在場的每一個。你是怎樣在很短的時間裏為自己定位的？

我家有許多地方允許你自由走動，但也有不許你到的禁區，像灶台、餐桌、睡牀。我們忘記什麼時候告訴過你，但你從來不犯禁，你的記性這麼好，服從性又這麼強。

曾經三次帶你看醫生，進了診症室，醫生為你磅重，聽心肺，查看你的眼睛、耳朵，你表現合作，完全不敢逃走和抗拒。是什麼使你如此服從權威？

趣趣，你這小東西還真神秘。

揀飲擇食

趣趣：人說「為食貓」，意思是貓兒多饞嘴，看來你是例外。

第一樣例外的是你不吃魚，打破了「哪隻貓兒不偷腥」的俗語。生的熟的真魚你都不吃，魚味的點心包括吞拿、三文你都沒興趣，你只吃牛肉和雞。

第二樣例外是你認定一種牌子的罐頭，其他的即使味道一樣也不搭理。想不到這種罐頭停產了，上

網查到還有一間老遠的寵物店有售。我的學生開了個多小時的車，把一百四十四罐存貨全買下。如今一百四十四罐全吃完，你吃的是勉強可以接受的另一個牌子。

第三樣例外是你用餐有節制，吃飽就停。不像狗兒，食盆拿出來，幾秒鐘就清光。這說明你能把食物分期享用。這是許多孩子都做不到的事。

不過你對零食還是忍不住誘惑。有一種貓零食的牌子就叫誘惑（Temptations），有多種不同味道，我每次數五六粒給你，你能在三秒鐘把它吃完。我從零食袋把它拿出來。盛在一個罐頭蓋子上，這過程會發出一些聲音，你一聽見便應聲而來。所以當到處不見你時，便發出取零食的聲音，你的耳朵極好，不論身處何方，都會在幾秒鐘內出現。

有幾次零食拿出來了，卻不見你貓小姐芳蹤，估計是被關閉在二姑娘的房間裏了。二姑娘不常回來睡，她有自己居所。我有一批書在她房間裏，有時要進去

取。打開房門時諸事八卦的你悄悄跟進去，到我離開時你沒有跟出來，試過你被困幾小時才發聲求救。打開二小姐房間，果然看見嚇得失魂落魄的你。

我們早餐時你會在我們腳邊出現，試取少許肉鬆給你，居然吃了。有一天照例給你吃肉鬆，你卻望望然離開，原來我們開了一罐新牌子。小姐呀，你揀飲擇食到如此程度！

貓兒也虛偽

我家貓兒除了吃和睡，越來越想人抱了，尤其是早上。

我看電視新聞的時候，她就來我腳邊逡巡。我知道她是想我抱。到我彎腰想抱她時，她又走開。我不追過去捉她，她又回來用頭撞我，意思很明顯，想抱。想不到貓兒也會虛偽，明明想抱，卻要走開。

到我抱起她、撫摸她時，她瞇着眼睛，除了咕嚕外還發出嬌嗲的聲音，表示喜歡。

貓兒也懂虛偽，人就更加了。尤其是無惡意的虛偽，被視為交際手段。如果做得好，會獲得稱讚。

說話方面，人家叫你猜他多少歲，總要猜小。見胖人就說他清減了。見病人就說他臉色好了。見人家的孩子就說長得好看，實在不好看就說聰明。人家叫你猜一樣物件他買了多少錢，一定要多猜。

行為方面，對上司畢恭畢敬，對下屬慰勉有加，見美女目不斜視，見學者虛心請教。政客競選時喜歡抱孩子，落選了恭喜對手。

　　社交場合，吹牛與拍馬的經常同在，且往往同為一人。吹牛的故作謙虛，説他輸得貼服，對手是世界冠軍。拍馬的把帽子亂戴，反正千穿萬穿，馬屁不穿。

　　貓兒的虛偽是天生，人類的虛偽是感染。

身邊諸色人等

伙計

　　張大順和張二順繼承父業，於老爸去世後，在不同地區開粥麵館。用的還是老招牌「粥麵世家」。

　　他們一同登報聘請粥麵師傅，要有三年以上工作經驗。聘請後他們會施以訓練，務求掌握張家粥麵特色。

　　應徵而能符合要求的剩下兩位。他們都要通過嚴格的實地烹煮過程。其中一個叫阿炳，手勢比較熟練。另一個叫阿昌，過程出現少許甩漏。

　　大順讓二順先揀，二順揀了阿昌。大順以為細佬故意讓他，也無意見，要了阿炳。

　　「二順你有心讓我？」

　　「沒有，我喜歡阿昌的笑容。」

　　的確，阿昌的笑容燦爛，阿炳卻像滿懷心事。

　　兩間店舖都順利開張，三個月後他們的老媽從廣州過來看看兩個兒子的成績。

　　老媽第一天先到大順那間，見座位經常滿了八成。當爐的師傅手藝不錯，只是經常皺着眉頭。

　　老媽第二天來到二順那間，不是假日，但座無虛席，門外還有人排隊。當爐的師傅忙得不停手，滿額是汗，但一直嘻着嘴，動作像舞蹈。看來他很享受他的工作和忙碌。

　　不知是不是心理作用，老媽覺得連店裏顧客的臉上也滿是笑意。

　　老媽心裏有數，二順這邊的生意會越做越好，就憑師傅臉上這鋪眾人皆見的笑容。

多那麼一點點

這麼多女孩子中數她最樸素，完全沒化妝，清清爽爽的。沒戴耳環，也沒有鐲子。

卻見她手腕上有幾根橡皮圈，就顯出一種簡樸的美。當有東西要用得着橡皮圈時，她就從手腕上脫出來；當有橡皮圈多出來時，她就往腕上套。把方便和裝飾結合起來，使人欣賞。

行山時山坡上滿是野花，她隨手採一朵插在鬢邊，立時風姿綽約起來。

媽媽包的糉子，一隻角上有一枚紅棗，這糉子就好看得多。弄一個雞扒，上碟前放幾根芫荽，就加了分。一個普通的信封，封口後，貼一張小貼紙，上面是一朵玫瑰、一隻睡貓，信便添了情意。

送書給人，內夾書籤一枚，上面寫有你的電話。你收到他電話談讀後感的機會是別人的幾倍。

送來訪的朋友出門，站在門前等他開車揮手說再見，那友誼便多了幾分。也不過多花了三分鐘。

朋友帶孩子來訪，臨走大人互道再見，別忘了跟

所有小的拉拉手，hug ─ hug，讓他覺得自己也是重要的。

　　吃餐之後，要離開了，本可就此走出門外，對侍應致謝一聲，也是一種禮貌。

　　探訪朋友，他家有高齡老人，可能已失交誼能力。可是一進屋的請安，臨走時的道別都不可少。

　　這些就是做多一點點便能加分的舉例。

花瓶也是角色

生得靚，往往被派擔任「花瓶」角色，別氣餒，花瓶也是角色。

電視有許多烹飪節目，除主持外，還有一位藝員相陪，如果是女的，多數是靚女。讓觀眾養養眼。

別輕視這個角色，做得好也不容易。

第一要求是懂得插嘴，別讓觀眾覺得你煩，像一個多餘的大白癡。因此對當日的菜式要有基本了解，食材和烹飪過程也大致知道。

第二要求是認知，所有烹調工具的名字，薑蔥韭蒜油鹽醬醋等配料，都要記得。到時請你幫手遞別遞錯。

第三要會問，記得你是替觀眾問的，你懂得不代表觀眾懂。太淺了師傅和觀眾都煩，太深了怕師傅都不會答。

第四反應要有變化，不要一個「唔」字唔到尾。你可以說：「原來係咁！」「又學到嘢啦！」「果然好辦法！」「佩服！」「精彩！」……

　　第五形象要好看，做花瓶就有個花瓶的樣子，在配合節目性質的同時，對髮式、化妝、服裝都要有要求，反正有商戶贊助。但不要任人擺布，你最清楚什麼適合你。

　　第六是謙遜，尊重每一個合作的同事，不擦上面的鞋，不給下面氣受。要求不多，合理便夠。上班準時，別讓別人等候。不講是非，連聽的興趣也沒有。

　　記得這花瓶角色，只是當家花旦第一步。

理髮也敬業

　　他頂了這檔理髮店來做，自覺有點冒險。

　　本來的老闆有相隔不遠兩間理髮店，一間為男賓，一間為男女賓。把男賓那間頂給他。

　　接手初期，舊老闆坐在門前截客，他一天沒有幾單生意。很擔心。

　　如今他的生意已經維持四五年，經過他店時絕少見他閒着。

　　只要留意一下，就可看到他的努力。

　　他把另一張理髮椅租給其他理髮師，分擔了他的

支出。

他在牆上布置了油畫，品味不差，提高了格調。

理髮椅旁一部大電視，播歌播舞播新聞，滿足顧客需要。

他最大的長處是跟顧客聊天，熟客他固然知道他們的興趣，生客他也能察貌辨色，從對話中知道他們喜歡聊什麼話題。上至天文，下至地理，穿的吃的玩的，地方掌故，政壇醜聞，你想聽什麼都有。保健知識，省錢秘訣，如數家珍。

他也會耍些小手段，客人多時，手上加快，只有一位客人，他就慢工細貨，讓經過的都見他生意很好，一直忙着。

他還燒了一批 DVD，包括不同的歌曲和音樂。當他知道你喜歡聽什麼，理髮後就送你一張。

所有這一切，都說明他敬業樂業。試過趕時間見他忙着便去光顧另一家。理髮師悶聲不響草草了事，也就沒下次。

氣質這回事

有人笑説：「當你無法稱讚他或她長得好看時，就説他或她有氣質。」這不把「氣質」當成樣貌平常的代詞了？

其實「氣質」遠高於美貌，通過化妝、打扮甚至整容，可以將一個樣貌平常的人變得相當好看，但氣質是無法打扮或修整出來的。

什麼是氣質？只能意會不可言傳。勉強説來是一種內在的韻味。他（她）與眾不同，粗看不合標準，眼不夠大，鼻不夠高，但湊合起來自有一種吸引人的特色。他（她）不能使一個人獲得驚豔的效果，但能留給人深刻印象。

他（她）話不多，聲音不大，但一開口大家都願意聽，因為説得有意思。他（她）姿態自然，一點也不做作，但絕不魯莽粗俗，有一種優雅和自在。他（她）表情恰如其分，不媚不驕，不誇張，不木獨。

他（她）有見地但肯聆聽，不強加於人。他（她）有容人雅量但保守個人原則。他（她）不發脾氣卻也

無人敢對他（她）冒犯。

　　若問他（她）的氣質從何而來？半由修養半由天分。因此腹有詩書也不一定就有氣質。

身邊看愛

無望的愛

Anna Nicholas 編過一本美麗的書 *Love's Arrow*，把人類最強烈的感情——愛情，用名畫和詩歌、語錄相配，表現其美麗和歡樂，也表現其陰暗的一面。

其中一幅是十九世紀名畫家 Francis Danby 畫的 *Disappointed Love*，在幽靜的溪澗一角，一個少女悲傷地埋首掌上，片片碎紙隨水流去，帶走她破碎的愛。

編者配的是 Francis William Bourdillon 的詩：

The night has a thousand eyes,
And the day but one;
Yet the light of the bright world dies
With the dying sun.

The mind has a thousand eyes,
And the heart but one;
Yet the light of a whole life dies
When love is done.

試譯如下：

夜有千眼
白晝只一
當太陽消逝
世界被黑暗吞嚥

腦有千眼
唯心只一
當愛消逝
生命之光熄滅

憑什麼？

在一些轉換時間較長的燈號旁有乞丐長駐。一般是兩班制，每人八小時。他們手持一硬紙板，上面有他們的訴求：無家可歸，飢餓，需要零錢或食物。

這位留連腮鬍子的失業漢在此多時了，我見他行動自如，年紀也不大，很多商場都有請人告示，為什麼他不去試試？因此我從來不曾施捨於他。

這天我去一間快餐店用膳，鄰桌一漢子頗面善，從他的絡腮鬍子記起他是那路旁乞討者。我向他點頭，他向我微笑。

我說：「有一間超市請理貨員，有沒有興趣？」

他微笑搖頭：「沒有人會請我，吸過毒，坐過牢。腰腿無力。」

「日子過得怎麼樣？」

「不怎麼樣，吃飽穿暖。」

「這樣的生活過了多少年？」

「八年。」

「有家人沒有？」

「不在本省，有等於無。」

「這八年有遺憾沒有？」

他皺了皺眉頭：「誰能沒有遺憾？你？」

我苦笑。

他喝了口咖啡：「我愛過一個女子，也是我這一行。她有一個七歲的女兒，陪她一起乞討。有一天我對她說：『我愛你！』……」他把咖啡一飲而盡。

「她怎樣回答？」

「她狂笑：『你憑什麼？』我不會回答，第二天

我離開了那市鎮。」

「你憑什麼？哈哈！我憑什麼？」他背起背囊，頭也不回的走了。

身邊的人生啟示

找不回的石子

　　詩人席慕蓉有一個童年回憶，那時她只五歲，曾擁有一顆美麗的小石子，十分喜歡，走出走進都帶着。有一個黃昏，天色已暗，她獨自站在院子裏，忽然起了個念頭。想把這顆石子拋出去，看能不能找回來。

　　她沒細想，就把石子向身後拋去。石子明明落在她身後的草叢裏，奇怪的是草並不長，草坪也不算大，她翻遍了每一叢草根，搜遍了每一個角落，始終沒能找回那顆石子，成為她長久的悔恨。

　　聽說過一位老太太的故事，她年過八十，輪廓仍然美麗。她讀過大學，以一等榮譽畢業。她會繪工筆花鳥，又寫得一手好字。她會彈鋼琴，教會的詩班曾由她司琴，前幾年才退休。她性情溫藹，沒有所謂「老姑婆」脾氣。以她這樣的人才，為什麼沒有結婚，是不少人背後議論的話題。

　　她的故事只有她妹妹聽她說過。那次她病重，以為自己過不了這關，才對妹妹說了。

　　她曾經有一位很要好的男友，溫純、秀氣、有學

問，對他垂青的人很多，但他獨對她鍾情。

她的追求者也不少，但相比之下，她心儀的還是他。只是覺得想靠近他的女生不少，他的個性使他沒有堅決拒絕任何人的接近。

她忽然想考一考他，試試他愛的程度。她寫了一封信給他，說對他的愛沒有信心，與其日夜憂心忡忡，不如退而求其次，她考慮再三，決定接受另一人的愛。

信發出後，這位男友忽然失蹤，聽說是去了內地。那年代內地政治動蕩，許多人一去無回。他不過是其中一個。

她大病了一場，從此斷絕了所有異性交往……

在丟出一顆石子前，還請三思。

身邊的人生啟示

怎樣看自己的身體

　　朋友是舞蹈教師，最近跟一班朋友坐郵輪遊加勒比海。作為舞蹈教師，她有職業性的習慣，觀看同船遊客的身體語言。她有兩個發現，一是西方人比華人開放，當音樂響起，西人的身體已配合着打拍子。跟着老的、小的、胖的、瘦的、高的、矮的一對對或單獨走出去跳起舞來。並不是人人跳得好，有人笨拙，有人滑稽，但個個享受在其中，不理會別人的目光，只求自己快樂。相對的是華人比較拘謹，年輕的也有一兩對走出去，年紀稍大就黏在座位上作觀光客。

　　二是西方人對自己的身體很接受，老了，佝僂了，胖了，有贅肉，皺摺處處，有黑褐斑……女的一樣坦然無懼穿三點式泳衣出現人前。相對華人到了某個年紀就不肯「暴露」，要游泳也喜歡包得密密實實。墨鏡一戴更辨不出誰是誰。

　　我同意她的觀察，我覺得西方人比較不在乎別人的目光，你愛怎樣看就怎樣看，我自享受投入其中的快樂。說到身體狀態，老化了，變形了，是一種自然

狀態，凡自然狀態就無所謂醜。這在受過訓練的真正藝術家就有這樣的目光，他們不會專為俊男美女造像，也不會來個技術性修圖。那真實的，或他們感受到的形象就是藝術的美。西方人接納歲月在他們身體上的變化，雖然也會努力操練延緩衰老，卻不會躲藏起來怕人看見。

　　能有這樣的坦然需要整個環境的配合，加上從小就形成的生活方式。把自己從別人的目光中釋放出來，無羞無懼，是我們要學習的一種生活態度。

小小善意

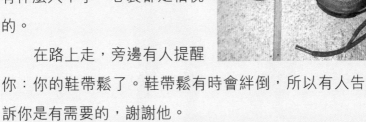

在我居住的城市，常感受到小小的善意，雖然說起來沒有什麼大不了，心裏卻是怡悅的。

在路上走，旁邊有人提醒你：你的鞋帶鬆了。鞋帶鬆有時會絆倒，所以有人告訴你是有需要的，謝謝他。

一班朋友在拍照，路過的人怕經過時妨礙你們，便停了腳步等着，一點不耐的神色也沒有。你向他們致謝，他們說沒問題。其中還有人自告奮勇建議幫你們拍照，讓你們齊齊全全一個也不少。

在超市買份報紙，收銀處有幾條隊輪着付款，快輪到你了，你前面那位推着滿滿一車貨。他結賬可能要八至十分鐘。當他發現你只買一份報紙時，往往會讓你先行，這就節省了你時間。這就是人際之間善意的表達。

如果你是遊客，來到這城市，在街頭拿着地圖左

看右看，滿臉狐疑。就會有人走過來，問你要不要幫忙？當你告訴他想找的地方，他會詳細告訴你，甚至會帶你走一段路。

　　你們兩人走進診所，或者任何要輪候的地方。空位是有的，但不相連。此時便有人自動移位，讓你們可以坐一起。他並不期望你說多謝，因為他們覺得這是應該的。

　　這天茶樓很旺，所有桌子都滿了，入門處有大堆輪候的人。你們已經吃完了，本來還想坐一會，多喝兩杯茶。但見輪候的人實在多，便叫伙計結賬，茶樓老闆和未有座位的客人都歡喜。這就是你的善意。

老油條

　　游先生退休了，十四歲出來打工，六十五歲退休，什麼風浪沒見過？

　　他一共服務過三間公司，最後這間最長久。CEO換了一個又一個，部門主管來來去去像走馬燈，游先生副主任的位置沒變過。

　　公司上層有上層的鬥爭，游先生不會站在任何一邊。即使有明顯的是非對錯，他也不歸邊，不表態，不主持正義。

　　上下層之間的矛盾幾度惡化成「工業行動」，雖然公司是商業機構。員工要求改善待遇，簽名上書，

你總不會找到游先生的名字。當事情惡化到要靜坐甚至罷工時，游先生會巧合地去了旅行。

當福利被員工爭取到手時，當然少不了游先生一份。他沒有參加慶功宴，但捐出貴價物品作抽獎之用。

他住的大廈有個業主委員會，游先生出席不多。他一退休就有人遊說他做義務司庫，因為他有時間又有知識。游先生說自己健康欠佳堅決拒絕。大讚前人作得極好，應該連任以資熟手。

他的鄰居出了車禍，家庭主要經濟支柱死亡，留下孤兒寡婦。游先生動了惻隱之心，這是多少年來第一次。他發起大廈捐募活動，親自上門勸捐。可能因為這家的孩子好乖，伯伯、伯伯叫得很親熱，又拖他的手去公園玩。很快他聽到閒話，說他對苦主的太太有意思，他這樣熱心是假公濟私。

游先生以心臟不妥為理由，把未完成的募捐工作交給一位李太。從此任何大廈活動再見不到游先生的影子。

自視何妨高

　　曾發現一個多方面優秀的學生，智商高，有多種藝術天分，音樂、美術的學習能力都不凡。但有一樣奇怪，他愛跟班上成績最差、行為最劣的同學混在一起，因此他常被連累受罰，操行總是丙等。

　　我也曾研究造成這情況的原因，父母親的態度有相當影響。他們常在親友面前損他，說他無用，沒出息，聽得多也就認定了。

　　在一次嚴重違反校規的事件中，他是被集體勸喻退學的一個，只能在一間校譽較差的學校就讀。即使如此，新的學校校長和老師對他仍然「另眼相看」，認為是問題學生。

　　我發現了他的美術天分，把他的作品拿去參加全港中學生美術比賽，拿了冠軍。在公開頒獎禮之後，又在學校重領一次。這是他第一次上台領獎而不是受罰，校長還跟他握了手。

　　一次留校改簿時，我聽到有人在操場上唱歌，一把清亮的嗓子引起我的注意，到窗前一望見原來是他。

我鼓勵他參加朋友組織的兒童合唱團，免收他團費。第二年他已被挑選為領唱者之一。

　　班上一些比較出色的同學開始主動找他做朋友，他也無可無不可，仍然跟那些較差勁的同學玩得很熟絡。

　　老師之中他跟我最談得來，我離開這間學校前對他臨別贈言：「你有很高的質素，你不必小看表現比你差的人，但你卻要看重自己。」

憂慮少一半

　　我在 Facebook 上說：「父母如果能夠培養孩子喜歡閱讀的興趣，為他們學業和品格的憂慮可減一半。」有朋友問何解？

　　喜歡閱讀的孩子，閱讀的速度和理解力都在閱讀中增進，當一份考卷派到學生手中時，平常多看書的孩子，比平常少看書的孩子，那閱卷的速度快了許多，對題目的理解也清晰得多。因此還未開始答卷，他們已經超前。

　　對於語文試卷中「閱讀理解」部分，愛閱讀的孩子更是「熟手技工」，不但答得快，而且答得好。

　　愛閱讀的孩子字彙、詞彙多，語句順暢，在長答題和作文題上都會表現出眾，贏得高分。

　　因此愛閱讀是好成績的基石，基石穩固，少了擔心。

　　喜歡閱讀的孩子，經常受到偉大人格和高尚情操的薰陶，就能學習到勤勞、勇敢、仁愛、服務、無私、忠誠、守信、有禮、廉潔等基本品格，在人生正途上

前行。

　　這些品德不能單憑
父母和老師的諄諄訓誨，
書上動人的故事、真實的
事例、鮮明的人物形象，
更能進入少年心胸，播下
健康的種子。

　　書籍不但提供豐富的營養，也起到防疫免疫的作
用。當受到邪惡引誘時，會有更強的抵抗力。

　　而培養孩子愛閱讀，當從父母本身做起。把齊齊
看書成為家中一道風景。家中到處是書，晚飯之後，
假日午後，家中一片寧謐，只聽到翻動書頁的聲音，
那氣氛多美好。

可是你杯茶？

到茶樓一坐下，伙計便會問：「飲乜嘢茶？」選擇倒也不少，普遍的是普洱、鐵觀音、壽眉、龍井、香片。周到的茶樓會有一張茶葉名稱的紙牌扣在茶壺蓋上，讓茶客不會弄錯，因為各人有各人喜歡的一杯茶。

像我就不太喜歡普洱，一嫌它的顏色深得像醬油，二嫌它那陣陳味非我所喜。會吃茶的朋友一定笑我：普洱貴就貴在那陳味，可知陳年普洱可以貴比黃金？可是茶樓怎有陳年普洱供應，我怕那顏色也非真。最差的茶在粥麵店，沒有選擇，溫吞吞的一杯討人厭。

「茶」有時只是一個比喻。「我喜歡聽歌，但某某不是我杯茶。」這「茶」是歌星。「我喜歡聽歌，但 rap 歌不是我杯茶。」這「茶」代表一種唱法。「我喜歡聽歌，但去卡拉 OK 不是我杯茶。」這「茶」代表一種聽歌方式。

作家也可以成為一杯茶，這由他的作品決定。性質、題材、風格、文字品味，給讀者不同的選擇。忠

實的讀者喝他喜歡的一杯茶可以繼續數十年,因為上癮了。

　　怎樣讓千千萬萬的讀者上癮絕非易事,他不能大變也不能不變。大變會失去原有特質,不變會使人看厭。作者要了解自己的優良特質何在,保持之,加強之,優化之。求變首先要認識時代,生活方式、社會結構、人生觀念都有變化,不變就會脫節。不讓自己成為一杯隔夜茶,要很大的努力。

身邊的人生啟示

無法完成的任務

兒時聽過不少故事，記得大概，具體的人物和時代就忘記了，或許講故事的人本身也不知其詳，但故事的梗概還在。

一個英雄被暴君所囚，有罪無罪由餓獅決定。當英雄與餓獅面對面時，牠不但沒有吃他，還伸出舌頭來舔他。原來餓獅曾被獵人所傷，英雄曾醫治過牠。

一個智者被奸王問罪，要他在兩張紙條中選一張，一張是處斬，一張是釋放。智者知道其實兩張紙條寫的都是處斬，任他選哪張都是死。結果他隨便選了一張放進嘴裏嚼碎吞下說：「剩下這張如是釋放，我選的應是處斬；剩下的這張如是處斬，我選的應是釋放。」

英雄靠過往的慈悲救了自己；智者憑智慧逃過大難。兩人都幸運地挑戰了本來不可能完成的挽救自己的任務。

我聽過的另外兩則故事，主人公就不是如此幸運。

一個是月亮上面的吳剛，他的任務是斬伐一棵桂

花樹。可是這棵桂花樹的傷口隨斬隨合，所以他永遠完成不了他的任務，無了期地做他的苦役。

一個是希臘神話中的西西弗斯，他犯了過失，給他的任務是推巨石上山。但在他費勁把巨石快推到山頂時，便會滾下山去。所以他至今還在不停地推着。

當我們被要求完成某個絕無可能完成的任務時，便該知道，這不是任務而是懲罰。當對方覺得已罰夠時，就會喊停。如果對方一直不喊停，說明你的過失太大，無法得到赦免。認命吧！

前與後

　　報章雜誌常看到「前與後」對比照片，一種是整容廣告。「整容前」這樣，「整容後」那樣。感覺是無說服力。一因整容後不覺比之前好看多少；二因如今化妝術高明，一經化妝，判若兩人；三因現在手機有修樣功能，「修」過之後，世無醜人。

　　曾有一次前後比照的「震撼」經驗，某女士邀請朋友們參觀她的新居。女士退休多年，風姿仍在。大家看了客廳、廚房、起居間，最後是她睡房，迎面見牀頭一張大相，明眸皓齒，嬌俏可人。心中不覺一震！時間老人，你未免殘酷，可以把如此一個美人兒，變成如今這個樣子。其實如果沒有前後比對，那也不過是平常樣子。我想，我們接受自己的樣貌變化，是因為有一個微變的漫長過程，如果今天還是少女，明天成為老太太，能受得起這種打擊的可能無幾。

　　報章和面書上也會出現明星閃耀着青春光芒時的劇照，跟老年息影後的照片相比對。西人年青時美豔常勝華人，但那老態的難看也更強烈。

　歌星白光曾對當年也是歌星的顧媚説：「覺得不滿意的照片別撕那麼快，過幾年看就會覺得好看。」這的確是事實，我們打開相簿看舊照，每次看到五年前的相，就會覺得那時好看得多，不要説時間更久的那些了。

　年青人看自己嬰兒時期的照片會覺得有趣，四十打後的女士看自己二十來歲的照片心裏已經有點鬱悶。六十歲開始知道現實一定要接受，會把青春少艾的照片拿給友人看，説明自己也曾美麗過。可惜旁人所想不止如此，像我，就覺上天的玩笑開得大。

一節童話課

中二一節閱讀課，讀的是安徒生寫的《醜小鴨》，老師開始帶引同學討論。

老師：同學們覺得這個故事想告訴我們什麼？

志強：告訴我們不論處境多惡劣，不要氣餒，如果你是天鵝，始終會成為天鵝。

小芳：是不是也同時告訴我們，如果你不是天鵝，那麼不論你有多努力，結果仍然是一隻平凡的鴨？

國棟：我們怎知道自己是天鵝還是鴨？

志強：如果不知道，就當自己是天鵝吧。

國棟：有什麼好處？

志強：自信會強些，要求會高些，對個人質素會加強些。

國棟：到後來發現自己始終是隻鴨，會不會很失望？

志強：經過努力，總有好處，做鴨也是一隻出色的鴨。

小芳：一定要出色嗎？做一隻普通的鴨不行？

志強：做人要有大志，想出色未必就能出色，不想出色就一定庸庸碌碌過一生了。

　　小芳：能者多勞，出色的人不是庸庸碌碌，卻是勞勞碌碌，很可能積勞成疾，英年早逝。莊子說過，那大樹就因為無用，逃過被斬伐的命運，得享長壽。

　　志強：一個人來到世界，無所貢獻，長壽又有什麼意思？總要轟轟烈烈，做一番事業。

　　小芳：就像煙花，也不過片刻燦爛。人生短暫，只要活得開心，管他是鴨還是天鵝！

　　老師（微笑）：小芳的話不像是你這個年紀的想法，不過我同意，我們的生命由我們自己支配，如何選擇無分對錯，不過要活得開心，絕非容易。

　　老師眉頭微蹙，輕輕歎了口氣，下課了。

A Thousand Winds

　　清明節，往掃墓。基地不遠，向先父母獻花鞠躬畢，準備回程。見一基碑上有四句詩，頗有意思，便把它拍下：

> I am a thousand winds that blow.
> I am the diamond glints on snow.
> I am the sun on ripened grain.
> I am the gentle autumn rain.

　　懷疑此詩有出處，回家 Google 之，果然。

　　原詩的題目是 *A Thousand Winds*，據説來自一首印地安人詩。故事是一印地安男子愛妻死後，自己也不想活了。在整理她的遺物時發現她病中寫了一首詩，意思説她並沒有離去，她已化為風、雪、陽光、雨水和星辰，陪伴在親人身邊。男子看了深受感動，打消了自殺的念頭。

　　這首詩在歐美和日本曾被譜上不同的旋律傳唱，也曾在美國 911 追悼會上朗誦。YouTube 上有 Jimmy Hung（洪天祥）的改編詞曲和演唱。好聽。

歌中包括六個「我是」，大意是：

我是輕吹不歇千縷微風 / 我是雪上鑽石般的閃光 /
我是金黃穀粒上的暖陽 / 我是滋潤你心的溫柔秋雨 /
當你從晨曦中醒來 / 我是你看見的天際盤旋的飛鳥 /
當你睡前仰視夜空 / 我是顆顆閃爍的星辰

　　她沒離去，她以最美好的形態陪伴着，親人應感
安慰。因此有人選擇此詩為自己的輓歌。

人生的四季

季節有春夏秋冬，人生亦如此。

自然的四季按順序進行，人生四季卻不一定。

人生的四季可以調亂運行。

童年時看家境，父母如愛你，你就是享受三春暉的春天。如果失去父母的愛，便是處於寒冬的小可憐。

青春期戀愛是常事，兩情相悅是春天；熱戀熱愛是夏天；風風雨雨是秋天；慘告分手是冬天。

組織家庭，同心協力是春天；生兒育女是夏天；互諒互讓是秋天，白頭偕老是冬天，不過是一個暖冬。

每個人都需要事業，開天闢地是春天；事業紅火是夏天；經營不善、捉襟見肘是秋天；窮途末路、宣布破產是冬天。

說到健康，等待發育是春天，活力充沛是夏天，

平穩健康是秋天，精力衰退是冬天。

童年是冬天雖然受了不少苦，卻因欺過霜，傲過雪，不是温室小花，使他更有力量跟命運搏鬥。

戀愛的季節最變幻莫測，酸甜苦辣都經過的人生更豐富。太一帆風順的感情生活未免味寡。傳誦今古的愛情故事，哪一個是不經挫折和磨難的？

家庭的四季最需要經營，經營不善，一墮入寒冬永不消逝。

事業的四季生命之所寄，人生是否白走一遭看你腳步是否穩健。

健康的四季順序基本不可逆，只希望嚴酷的冬季能短一些。

身邊的人生啟示　101

葉子總有掉落的時候

　　聽《中國好歌曲》第二期，歌手羽田演唱自己創作的歌曲《讓你幸福》，是寫給他父親的，深情動人，感動了多位導師，為之下淚。其中最使我有感觸的一句是：「葉子總有掉落的時候。」

　　加拿大的深秋，滿地落葉，每家每天可以收集好幾大袋。樹葉掉光後，剩下裸枝，天空更清爽地呈現眼前。本來被遮擋的鄰家景色以至遠處的山峯都重現眼前，這些本該不會帶來什麼感觸和悲哀。可是到了

我這樣的年紀……

記得往年春節，我會打電話向幾位年紀比我大的長者拜年，這幾年他們先後離去，今年我一個電話也無須打出，只是在家中等後輩的電話。老人就像樹葉，終於到了掉落的時候，整批的去了；而下一批，就是我們這一輩了。

對多情的後輩來說，像羽田，就會寫一首歌，對父親說：「自從我學會了叫你爸爸的時候，我已經幸福。」「我下定決心，也讓你幸福。」

對快將成為下一批落葉的我們，面對迫人而來的「時候」又該如何自處呢？把自己變得五色斑斕，美麗不輸春花吧！靜待一個適當的日子，隨風來一個迴旋之舞，以美妙的姿態向世界告別。

與落花同去

作為詩人，生活中一切，都可品味出詩來。

睡有詩，「春眠不覺曉」；吃有詩，「日啖荔枝三百顆」；行有詩，「傍花隨柳過前川」；下棋有詩，「閒敲棋子落燈花」；登樓有詩，「欲窮千里目，更上一層樓」；送別更有詩，「勸君更盡一杯酒，西出陽關無故人」；死亡當然有詩，「出師未捷身先死，長使英雄淚滿襟」……

詩人對死後世界有種種詩意聯想，絕不為奇。詩人朱湘是其中一個，他二十九歲就離開了這個世界。離世之前寫過一首《葬我》：

> 葬我在荷花池內，
> 耳邊有水蚓拖聲，
> 在綠荷葉的燈上
> 螢火蟲時暗時明——
> 葬我在馬櫻花下，
> 永作着芬芳的夢——
> 葬我在泰山之巔，
> 風聲嗚咽過孤松——

不然，就燒我成灰，
投入泛濫的春江，
與落花一同漂去
無人知道的地方。

　　我們看到他期待的五個葬處，無一不美。而其共
同處是與自然物同處：荷花、水蚓、綠荷、螢火蟲、
馬櫻花、泰山、孤松、春江、落花。

　　想像他的靈魂，與片片落花隨水而去：「桃花流
水窅然去，別有天地非人間。」確是一神仙境界。

愛過

　　法國作家司湯達的墓誌銘，原本的法文不介紹了，英文譯做 He lived, he loved, he wrote. 中文有譯做「他活過，他愛過，他寫過。」也有簡化為「活過，愛過，寫過。」

　　活過，似乎人人都活過，又何必標明呢？這「活」應不止能呼吸，有心跳；應不止會吃會喝，會聽會説，會哭會笑會説；應不止在人間晃蕩了若干年。活過，應該嘗過生活的酸甜苦辣，應經歷過人生的喜怒哀樂，應扮演過不同角色，為人子，為人父，為人夫，為人妻，為人兄弟，為人姊妹，為人朋友，為人伙伴，為人知己。當他離去，他留下一些東西，多少畫，多少詩，多少篇文章，多少個動人故事？掘了多少口井，種了多少棵樹？開了多長的路？填平了多少溝渠？

　　寫過，這是作家獨有。不同的工作可以演過、唱過、教過、耕過、跳過、醫過、建過、戰鬥過……寫過還要看他寫過什麼？他傳播了知識？啟發了思考？振盪了人心？引起了共鳴？他寫的只像過眼雲煙，很

快明日黃花，還是千百年後仍有知音？仍能啟迪心靈，
作精神的營養素？

　　其實人生最重要的還是愛過，愛人也被人愛。為
愛笑過、哭過、甜過、苦過、焦慮過、擔心過、發過誓、
做過傻事。無愛的生命等同死亡，枯乾無生氣，等於
不曾活過。不曾愛過又如何寫書？如何有詩？如何能
塑造有血有肉有情有義的鮮活角色？

　　我說，只要愛過就肯定活過，如是作家墓當然寫
過。因此司湯達的墓誌，兩個字已夠：愛過。

我是

曾經寫過兩首新詩，都是用「我是」開始，先看第一首：

《我是》

我是一座矮矮的大山
靜靜地趴在那裏
讓草木生長
做鳥獸的家鄉
讓白雲來去
寂寞的少年徜徉

我是一個空闊的大湖
靜靜地躺在那裏
讓魚兒游泳
做海鳥的鏡子
讓微風吹拂
艇子載着歌聲滑翔

我是一道向南的牆
靜靜地立在那裏
讓北風止步
做村民的依傍
讓冬陽反照
爺孫們暖暖的進入睡鄉

　　這首詩說明「我」是個沉靜的不張揚的人，對萬物有情，尤其是對人。寂寞的少年可以找我，遊樂的人們可以親近我，最重要的是在寒冷的日子，我像一道向南的牆，向人送暖。表達的是一種胸襟廣闊的服務精神。

再看第二首：

《回音》

我是一個幽深的山谷
靜靜地等在那裏
讓雨氣蒸騰
做採藥人的樂土
讓來訪的有情人
對我喊一聲：我愛你！
我會從谷底給他回音：
我～愛～你～～～

這首詩説的是一個對愛情有期待但深藏不露的人，他靜靜地在那裏等着，像一個幽深的山谷。經過的人不少，包括採藥員。直到有一天，一位有情人，對着山谷呼喊：「我愛你！」他會給他一個同樣深情的回應。

回音是一種自然現象，借來表達人與人之間以愛還愛的渴望。

偶然

　　人生的遭遇有必然也有偶然，如成長，如接受教育，如進入社會工作，如交友、談愛、建立家庭，如面對衰老、疾病、死亡，雖然情況種種式式，這些階段基本上是必然。但在每個必然階段，卻會發生意想不到的偶然，影響你的生活軌跡，改變你的人生路程。

　　「偶然」是一個中性詞，可喜可悲。一次偶然的相遇，可以發展為美滿的姻緣，也可以是痛苦的深淵。科學家偶然的發現，可以造福人羣，也可以令千萬生靈塗炭。

　　詩人徐志摩寫過一首《偶然》，對某次偶遇不抱期望，他說：「在轉瞬間消滅了蹤影。」他說：「你有你的，我有我的，方向」，因此分開是必然的。不過「你記得也好，最好你忘掉，在這交會時互放的光亮。」詩人說了違心的話，為了那互放的光亮，他是不會「忘掉」的。

我也寫過一首《偶然》：

偶然一顆種子
落在岩間縫隙
悄悄發芽成長
一樹亭亭如蓋

偶然一陣清風
吹落顆顆松子
敲響一口古鐘
滿山瀰漫清韻

偶然一隻海鷗
丟下一顆石子
激起圈圈漣漪
攪亂平靜湖心

偶然一道閃電
伴着轟轟雷鳴
燃起森林大火
蜿蜒千里不熄

偶然一片白雲
飄過戀戀夕陽
漫出滿天彩霞
驚現燦爛晚景

　　那偶然帶來的都是難得的、美麗的、動心的，寓意在平凡的人生中能有不平凡的遭逢，即使在人生的黃昏，也能有燦爛晚景。

　　雖是新詩，格式整齊，並自然地運用了多個疊詞。

遙距

人與人的距離，不是以實際長度計算。你繁忙時間乘搭地鐵，人與人貼身擠在一起，那距離是零；但你們各不相識，互不關心，你們心的距離何止萬里。

就算你們是同學、同事，多年一同學習，一同工作，但從不促膝談心，也不會無端想起對方，你們兩心之間也是一個不可及的遙距。

親如父子，有血緣關係，隨着歲月的增添，不一定越來越了解，而是代溝越來越深。

男女一見鍾情，相見恨晚，互許為知己，最後結為夫婦，以為互相貼心，兩人之間，並無距離。想不到在身體無距離之後，才看到二人之間的鴻溝。可能是出生的家庭背景不同，一個是大富之家後轉中落，一個是勞工階層因教育進入上層，對事物的看法便有分別。可能是學校教育的不同，一個在外國受西方教育長大，一個在本地接受傳統教育，在生活習慣、道德倫理方面有不同的要求。長期小矛盾的積累，會變成大問題。到發現當日的「了解」只屬皮毛，原來兩

人分屬不同頻道，那距離永不能逾越，只能忍痛分手。

寫過一首《遙距》，說的就是這種誤會，當你讀完，可感遺憾？

《遙距》

在那浩瀚的太空，
有兩顆美麗的星星。
相隔不知多少光年，
各自按他們的軌跡運行

有一天他們忽然互相望見
啊，天呀！
他們同時呼喊。
各自在想：
「為什麼我會一見傾心？
與他定有夙世的緣分。」

身邊的人生啟示

於是他們努力，
面向對方所在，
互放閃耀的光芒。
他們不知道當情意到達時，
雙方已經不在原來的地方。
而他們原來所見，
只是一個天文現象。

人生紀錄冊

兩代童年

我自己的童年在戰亂中度過，一張生活照片也沒有留下。

到了我的下一代，出生在上世紀六十年至七十年代，物質雖非富裕，卻是和平穩定。

我共有四個孩子，兩女兩男，我跟妻都是教師，孩子在祖父母協助照料下長大。他們對孩子的寵愛比我們尤甚，吃的、穿的靠祖母，接送上學放學靠爺爺。我們負責的主要是玩，平常的假期在附近的佛光街公園、維園、兵頭花園（後來叫動植物公園）和山頂。長假如暑假會到長洲或烏溪沙小住。那年代我醉心攝影，拍了不少生活照片，從黑白拍到開始流行彩色。

我最小的兒子為我們帶來兩個孫女，她們的童年比上一代豐富多了，我與妻往泰國旅遊才第一次坐飛機，已經四十多歲，孫女她們卻才三、四歲。她們的課外活動包括滑雪、溜冰、游泳、攀岩、學琴、做手工……玩偶擺滿屋，平板電腦上遊戲多的是。

可是兩代的童年卻有不少共同點，包括父母的愛，

民主開放；手足情深，相處愉悦；節目多姿，留下甜
甜回憶。

面山居舊事

在港時住過清風街板間房；北角無電梯八樓，要吾妻懷孕時辛苦爬上去；住過元朗天台屋；住過荃灣蕙荃里，與趙雅芝為鄰，那時她讀小學；住過紅磡唐樓，我有三個孩子在此出生。

終於陶淵明的歸園田居上腦，我在大埔峯地買了一間村屋作度假之用。

村屋獨立兩層，面對大帽山，因取名「面山居」。有個不算小的園子，植有龍眼兩株，黃皮八棵。還有水井一眼，水清且冷。

鄰居陳姓夫婦極為好客，知我逢周末入住，特別煮了粥送過來。陳先生嗜飲米酒，一罈罈的運回家，空罈棄置屋旁空地，均古樸可喜。我向之索取，他許我予取予攜。

村居周遭多花農，春節前遍地桃花和其他年花。我一向對大自然生態感興趣，那幾年寫了多篇方物誌，曾刊登於報章和好幾本集子上。

那年春節請父親為村居寫副春聯，他做了一對嵌

字聯：

　　面對琴書多樂趣　　　　山居雞犬亦良朋

　　我怕鄰里多心，把他們與雞犬相比，改用了一副現成的：

　　又是一年芳草綠　　　　依然十里杏花香

　　上圖是年老朋友司徒華等來訪，臨別攜去酒罈兩個，於門前留影。

清晨的腳步

多年來有一個好習慣：只要不是大雨和飛雪，我會於清晨在附近步行四十五分鐘。

這是一個憩靜的社區，家家有修剪整潔的草地、細心培植的花卉。在其間散步，好像在公園行走。

經過的汽車不多，行人也少。迎面而來的只是背着書包的學生、蹓狗的男女和像我一樣散步的老人。笑容是親切的，伴隨的是「早上好！」「今天天氣不錯！」偶然一個老太太攔住我，說她昨天見到黑熊，叫我小心。在烏鴉雛鳥出生期，頭頂會有對我啞啞的警告。

除了行走，我會攝影，季節是分明的，春天有燦爛似錦的櫻花，夏天有盛開的玫瑰和杜鵑，秋天有紅楓和各色秋葉的樹，冬天看到積雪的山峯。它們不少成為我作品中的配圖。

這裏的人家，喜歡配合節令裝飾前園，最盛的是萬聖節和聖誕。偶然也會看到復活節的兔子。

除了攝影，有一段日子我會背歌，那時常在一些

社團活動增興，不常練習就會忘詞。曾有老太太説我的喉嚨不錯。

　　我也會為當天要寫的作品構思，路上已打好腹稿，回家就可以把它完成。

　　清晨的腳步是輕快的，眼睛是滿足的，思想是活躍的，心情是愉悅的，是每天良好的開始。

沒有不能教的孩子

少年時最愛看的書之一是亞米契斯的《愛的教育》，想不到後來我做了老師，把「愛的教育」作為宗旨，教了三十九年書。還寫了一本書叫《新愛的教育》。

我二十歲師範畢業就做了老師，前後任職在鄉村津貼小學、新界官立小學、市區官立小學、市區官立中文中學、新界官立中學、市區工業中學、特殊教育中學。教過的學生無法統計數目。

我跟學生的關係很好，在學時已招待他們來我家探訪，畢業後也維持若干交往。有的做了爺爺，還樂道我教他們的情況。

前幾年探訪我任教的第一間學校，學校已停辦，在鄉紳的召集下，來了舊生七個，有五位是村長。

我教育工作的最大挑戰在最後九年，我進入一間屬特殊教育的「情緒問題兒童」中學任職，很快就做了訓導主任，一個更大的挑戰。

這是一間男校，學生絕大多數來自單親家庭，多

數是普通學校的「棄兒」，智力高，體格好，程度低，無學習動機，反叛性強，搗亂花樣層出不窮。新來的老師當然要通過他們的考驗，包括夠不夠朋友？有無料到？夠不夠「吉士」（勇氣 guts）？我總算考驗合格。

　　任職幾個月後，我的感受是我的過往、我的名氣在這裏都是零，我的年齡（五十歲）是負分，我要重新投入這個大熔爐，把我的雜質，包括自滿、自尊都燒乾淨。

　　結果我體驗到最親切的師生關係，獲得最大的信任。我把經歷過的難忘故事寫成了《新愛的教育》，

結論是「沒有不能教的孩子！」

（第 125 頁第二張照片，我是二十來歲年輕教
師，正坐在學校禮堂旁邊上早會。上面的照片是我班
一個對自己嚴重缺乏信心的超齡學生，考取了消防員，
畢業會操上跟校長、社工、老師合照。）

學畫記

我對繪畫的興趣大於寫作。

我在師範的選科是美術，導師是嶺南派何漆園老師。我跟油畫家黃潮寬學過兩年素描。我在沙龍美專設計系以優異生畢業，之後跟徐榕生老師學西畫。我在港大校外課程選修過木版水印、銅版、木刻、剪紙……還參加了現代水墨文憑課程，導師是創一代水墨新風的呂壽琨老師。我在中小學都任教過美術課。

沙龍美專舉辦過同學畢業展覽，在大會堂舉行。當時我做得較好的是絲網印，往往從晚飯後做到黎明。展覽第一天有一位西人看中我其中一個作品，展覽本來不賣畫，我見他喜歡就索價一百元，那年代以可複製的版畫來說也不是特別便宜。講好展覽結束那天付款和取畫。

　　展覽結束時那西人依時出現，付款外給我一張名片，是路透社行政人員。整個展覽是我一個賣了畫。

　　徐榕生老師每堂結束前，要大家把這堂的作業放到前面，大家一同評論，這天來了一個新生，比大家都年輕，他的作品使大家驚豔，構圖、用色、韻味、風格都突出。我立即知道繪畫藝術不在勤，更重要的是天分。學畫的心就冷了。前面附圖是我展出的作品，上圖是我跟同學的合照。

我的書法

　　父親是書法家，小時候他在鎮上為店舖寫春聯，我幫他拉紙。

　　他晚年在家教書法，每逢周末家裏坐滿學生，都是成年人。前後共有四百多人跟過他，卻不包括我，因為那時我很忙，難得周末，到大埔村屋去享受田園生活了。但是我請他為我寫了陶淵明的《歸園田居》，掛在村屋的牆上。

　　我的硬筆書法和上課時的板書都寫得不差，但很怕拿毛筆。直到前幾年，外面的活動少了，在家的時間多了，動了練毛筆字的念頭。家裏有的是工具，筆墨紙硯俱全。

　　書法這種藝術，佔地少，價格廉，隨時開始隨時停，技巧可從簡單到深不可測，永遠都有追求進步的空間。

　　我還發現當我書寫時，心境特別平靜、怡悅。

　　練習書法最基本的方法是臨帖，後來我覺得有點悶，心想我沒打算也沒可能成為書法家（太遲了！），

何必對着內容沉悶的碑帖抄寫？於是我改抄唐宋詩詞，既練習寫字同時又欣賞文字音韻的美，感受其中動人的情意，練字的感覺立時大不相同，豐富得多。

　　當我發現有些字寫得不好看時，就知道沒有把筆畫放在一個適當位置，除了嘗試調整外，還找碑帖來看，因此經過一段日子，看到自己的進步。

我與攝影

曾經是攝影發燒友，逢攝影展覽必看，訂閱了攝影雜誌，把兩個洗手間之一改裝成黑房，自己沖曬放大。

最終沒有成為「龍友」，參加沙龍比賽，考幾個名銜，純粹因為攝影很花錢。從相機到各種附件，到黑房設備，要求高，花費也高，而且無止境。我的經濟水平不容許我這樣做。因此我只停留在拍生活照階段。

也因此我留下許多溫馨的鏡頭，很值得全家回味。

就讓大家看看我拍的幾張照片：

後頁第一張是我的四個孩子和他們的母親，表情自然愉快，視線集中，當時兩兄弟有個戲耍的動作，不是事先擺布。更有趣的是五個人有十隻手，組成一個愛的鍊。你能花時間把這十隻手都找出來嗎？

第二張是我幫女友拍的第一張相片，地點在汀九海邊。她很美，照片的缺點是一隻手在動，變得模糊。後來我為她拍了許多照片，她終於嫁了給我。

四十多年後，我在加拿大的家裏拍了這裏的第三張，偶然發現那姿態竟有點相像。

　　攝影為我留下美好時光，細細回味品嘗。當不開心的時候總不會把它拍攝下來，這就是一種聰明的篩選。

我與寫作

許多年前，一次帶學生去夏令營，清晨，節目還未開始，我散步往海濱，一位美術科女同事正在寫生。我坐下跟她閒聊，她說她會看掌，不妨為我一看。看到「事業線」時，她說奇怪，你的事業線分叉，有兩種工作同時進行。那時她不知我除教書外也在寫作。而且從教學工作退休後成為專業作家。

我從 1953 年起定期有作品在報章發表，一直沒有停筆，寫本文時稿齡六十八。曾在約二十種報章雜誌上有專欄，跟十多家內地、香港、台灣、星馬出版社出過書，超過一百種之後就沒有再統計。

我寫的主要是青少年讀物，我喜歡用「校園作家」稱自己。年輕讀者特別熱情，我經常享受着他們的友誼。

寫作的事隨着時代有變遷，從原稿紙書寫寄出變成傳真機發稿，現在是電腦打稿隨手發出，十分方便。

現在出書的技術大進步，但賣書完全不容易，走進大書店是一片書海，你寫的書只是滄海一粟，要讀

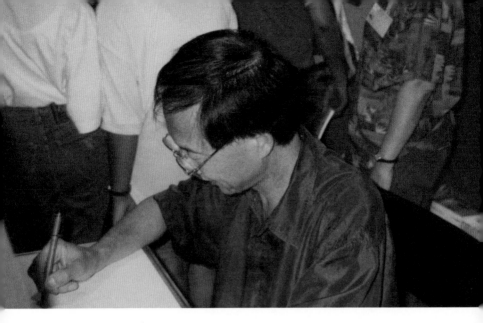

者看中你的作品，把它買回家，每次對作者都是一個小驚喜。因此我寫得很認真，不想他們失望。

　　作為寫作人被問得最多的兩個問題我在這裏答：

　　一、寫這麼多，題材哪裏來？

　　答：生活豐富，思想活躍，題材自然多。多做、多玩、多交朋友、多讀書、行萬里路，生活就豐富；多觀察、多感受、多分析、多思考，思想就活躍。

　　二、寫作要不要靈感？

　　答：經常寫作靠計劃，寫作的過程中靈感會翩然而至，讓作品出現奇妙的情節、動人的對話、美麗的詞藻、幽默的趣味。腦細胞活躍的人靈感頻頻出現，腦細胞呆滯的文字就缺乏靈氣。

幼兒的歌

我童年時接觸的第一首兒歌是《小兔乖乖》，由幼稚園老師教導幼兒表演。

（狼）「小兔子乖乖，把門兒開開，快點兒開開，我要進來！」

（小兔）「不開不開我不開，媽媽不回來，誰來也不開！」

這是一首安全教育的歌。

第二首聽媽媽唱的兒歌是《小白菜》，身為孩子，為名叫「小白菜」的沒媽的孩子深感哀傷。在我收藏的民國 11 年（1922，距今剛一百年）《繪圖童謠大觀》中收了這首，但比較短，完整的版本是：

> 小白菜呀，地裏黃呀；三兩歲呀，沒了娘呀。
> 跟着爹爹，還好過呀；只怕爹爹，娶後娘呀。
> 娶了後娘，三年半呀；生個弟弟，比我強呀。
> 弟弟吃麵，我喝湯呀；端起碗來，淚汪汪呀。
> 親娘想我，誰知道呀；我思親娘，在夢中呀。
> 桃花開花，杏花落呀；想起親娘，一陣風呀。
> 親娘呀，親娘呀！

第三首是我到香港後才聽到的，想不到它來自美國民謠 *Oh My Darling, Clementine*。

　　　　小小姑娘清早起牀
　　　　提着花籃上市場
　　　　穿過大街走進小巷
　　　　賣花賣花聲聲唱
　　　　花兒雖美花兒雖香
　　　　沒有人買怎麼樣
　　　　滿滿花籃空空小囊
　　　　怎麼回去見爹娘

好不容易才查到作詞人是邱望湘，佩服！

兒歌不易寫

自然產生，不知作者是誰的孩子吟唱話，以前叫「童謠」。至於「兒歌」，我認為應包括童謠和知道作者是誰的歌謠。

「兒歌」看上去簡單，但不容易寫得好。好不好，由孩子決定，他們愛唱就是好，不愛就是失敗。

記得我的孩子幼時，喜歡一首簡單的歌：

> 兩個小娃娃呀，正在打電話呀，
> 喂，喂，喂，你在哪裏呀？
> 哎，哎，哎，我在幼兒園。
> 他們一面玩着玩具電話一面唱。

蔡振南寫的《世上只有媽媽好》，是母親節被唱得最多的歌，李雋青的詞，唱哭了許多孩子和媽媽：

> 世上只有媽媽好　有媽的孩子像個寶
> 投進媽媽的懷抱　幸福享不了
> 世上只有媽媽好　沒媽的孩子像根草
> 離開媽媽的懷抱　幸福哪裏找

宋揚的《讀書郎》很勵志，我早年在義校教失學兒童唱這首歌：

　　小嘛小兒郎，背着書包上學堂。不怕太陽曬，也不怕風雨狂。只怕先生罵我懶，沒有學問，無臉見爹娘。小嘛小兒郎，背着書包上學堂。不是為做官，也不是為面子光。只為窮人要翻身，不受人欺負，不做牛和羊。

　　兒童文學家金波編了一套《中國兒歌大系》，我有兩首入選，《舞獅》是其中之一：

咚鏘咚鏘咚咚鏘
威武雄獅又上場
鞠躬點頭好禮貌
東南西北謝四方

左右翻騰真靈活
高低跳躍本領強
瞪眼搖頭又張嘴
頑皮搗蛋會搔癢

高疊羅漢來採青
生菜生財生意旺
小伙子舞罷滿身汗
迎來掌聲齊讚揚

孩子的詩

　　童詩有兩種，一種是孩子自己寫的詩，一種是大人寫給孩子看的詩。

　　先談孩子自己寫的詩，孩子不一定知道什麼是詩，有待成人尤其是詩人去發現。

　　孩子的話或文字，有奇趣的想像，有天真的懷疑，有美麗的描寫，有真摯的感情，就可能是詩。

　　台灣詩人林煥彰，在這方面做了許多工作，編了多本童詩集，我手上就有《兒童詩選讀》、《台灣兒童詩選》，作為編者的他作了分析和導讀。

　　舉幾個例子在下面：

　　　　《公雞》　胡品智（一年級）

　　　　　　公雞的工作最輕鬆，
　　　　　　睡醒了，
　　　　　　在牀上伸個懶腰，
　　　　　　拍拍翅膀，
　　　　　　喔喔喔，
　　　　　　喔喔喔，
　　　　　　叫了幾聲，
　　　　　　一天的工作就完成了。

孩子看事物自有他們的角度。他真的認為公雞的
工作就是早上啼叫幾聲，那的確是一份優差。

《小皮球》　曾淑麗（二年級）

小皮球，
沒有人跟它玩，
是多麼的寂寞！
你在那兒等我，
我放了學，
就和你一起玩兒。

　　其實是皮球想玩還是他想玩，皮球不會説，他也是認真的。

《星星》　張嘉真（二年級）

星星愛研究，
每天晚上，
月亮都帶他們出來，
觀察地球。

　　老師晚上帶我們觀察星星，反過來想，星星同樣在月亮帶領下觀察地球，想像力豐富又合理。

為孩子寫詩

中國是詩歌大國，但興盛如唐，也沒有專為兒童寫詩的詩人。

宋朝總算有位汪洙，寫了三十四首給孩子啟蒙用的詩，稱為《神童詩》。有勵志的如「將相本無種，男兒當自強」，也有以利祿作引誘，現在看來政治不正確的「萬般皆下品，惟有讀書高」。

到了現代，寫兒童詩的漸多，許多詩人都兼寫童詩，兒童文學家們更是很少不寫兒童詩的。

兒童詩的四要素：淺白、有趣、童真、潔淨。

讓我介紹幾首：

《公雞》 林良
公雞不管別人睏不睏，
只要自己醒了，
就不許大家再睡。

這是一首幽默的詩，使我們聯想有些人也是這樣的德性。

《白鷺鷥》　林良

青青山下，
綠綠水田，
白白的鷺鷥，
低低飛。
青青山下，
綠綠水田，
白白的鷺鷥，
飛飛飛。

具備色彩美、節奏美、動態美的好詩，孩子讀兩次就會背。

我也為孩子寫過不少詩，有好幾年我為兒童畫配童詩，像其中《秋葉》有三首：

（一）
秋天天氣涼
媽媽替我們加衣裳
大樹伯伯
為什麼你們卻要脫衣裳？

（二）
秋天有一種美麗的雨
紅的　黃的　灑落滿地
鋪成美麗的地毯
讓我們開開心心踏上去

（三）
走在滿鋪樹葉的小路上
拾幾片嫩黃拾幾片紅
把它們夾在書頁間
等待有一天無意間重逢

　　最多孩子朗誦的我的一首童詩是《下雨天》，因為兩次被學校朗誦節選做誦材：

今天又是個下雨天
我本來有點不高興
後來覺得這樣不值得
到不如想想雨天的好處
下雨天　那樹葉洗的碧綠碧綠的
真好看

下雨天 可以穿上靴子去踩小水潭
真好玩
下雨天 不用澆花不用曬被子和晾衣服
可偷懶
下雨天 那淅淅瀝瀝的雨聲像催眠
夢也甜

我的收藏——民間工藝

　　我沒有強烈的收藏癖，但見到有趣、美麗、價錢又不貴的東西，還是會買下來。經過長年的累積，也有了不少東西，包括在「車房大平賣」、跳蚤市場、旅遊禮品商店買的和朋友送的。我準備介紹其中兩類，第一種是民間工藝。

　　民間工藝具備幾個特色：

　　一、手工製造——因此即使形式大同，卻各有個別差異。

　　二、天然材料——包括竹、木、籐、草、布、泥、石等等。

　　三、鄉土氣息——不同地方出產的具備不同的地方風味。

　　四、傳統源流——是代代相傳，有源遠流長的特色在。

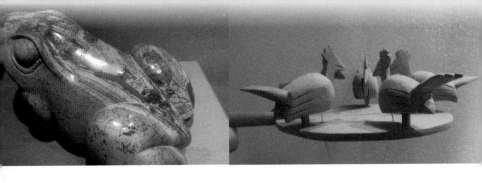

下面介紹幾個藏品：

布老虎——來自中國北方，圖中所見是雙頭虎，兩面都是頭，既是玩具也可當枕頭。也有單頭的。

草織鴨——來自加拿大，利用草的不同質感，組成不同鴨體，樸實可喜。

石蛙——利用一塊石頭複雜的花紋，雕成一隻田蛙，很有重量和手感。

小雞啄米——輕木製造的玩具，圓板上有五隻雞，圓板下有一隻豬，以細繩相連，擺動小棍，雞就會啄食。可能來自台灣。

竹絲鴨簍——用細竹絲編成的肥鴨簍，上部可揭開，肚子裏可以放東西。製作地不明，應是工資較便宜地區，因為手工細緻，裏外紋理不同，非數十小時不能完成。

我的收藏——愛在其中

　　我的第二類收藏品是表達愛的擺設，當我們看到這類藝術品時，會感到溫馨、甜美和愉快。就讓我介紹幾個，它們是不同質感的瓷器。

　　第一個是兩個人形的擁抱，兩個可分可合的人形，沒有五官，沒有衣着，他們就是這樣緊緊依偎着，傳達着信任、溫暖和愛。簡單而明瞭。

　　第二個是兩隻小熊的婚禮，男熊粉藍，女熊粉紅。
他們都是盛裝，男的有禮帽，女的有花環，兩「人」
站在有花的草地上。這是一個音樂擺設，上了鍊條，
隨着轉動播放好聽的音樂。

　　第三個是男孩女孩攜手跳舞，愉快而曼妙，純潔
的友誼。

第四個是一對小情人在接吻，充滿浪漫氣氛。他們對男女愛情了解並不多，但他們的確互相喜歡着。

　　第五個是一對老人家在坐翹翹板，享受着返老還童的樂趣。這使我想起爸媽在鞦韆架上的合照，是他們留下的最輕鬆愉快的一張照片。

童年閱讀

《伊索寓言》

　　當我還是少年時，閱讀的主要是故事書，適合孩子看的中國故事書其實不多，不少是外國故事書的譯本。其中一本是《伊索寓言》The Aesop's Fables。

　　據說伊索大約出生於公元前 570 年，比孔子長一輩，生而為貴族人家的奴隸，因為他的能言善辯，聰明多才，主人讓他獲得自由。

　　但後世以伊索為名的故事，究竟哪些屬於他的原創，已無法考究。

　　我手上有兩本《伊索寓言》，一本是啟明書局中華民國 37 年（1948）印行的漢英對照版，譯述者是林華，共收二百九十九則。另一本是中國對外翻譯出版公司 1999 年出版的《全譯伊索寓言集》，譯者是周作人，共收三百五十八則，我看也並不齊備。

　　其中不少故事被收進早期國語讀本，譯者不詳。

　　最常被講述的故事有：

　　《狐狸與葡萄》（「吃不到的葡萄是酸的」常被引用），《北風與太陽》（懷柔勝高壓），《農夫與蛇》

（別幫助邪惡的人），《銜肉的狗》（貪心的結果是兩失），《獅子與老鼠》（弱勢者也能幫助強勢者），《狼與小羊》（欲加之罪，何患無辭），《鄉村老鼠和城市老鼠》（平安是福），《生金蛋的鵝》（殺雞取卵是愚行），《狼來了》（說謊的報應），《龜兔賽跑》（驕必敗）。

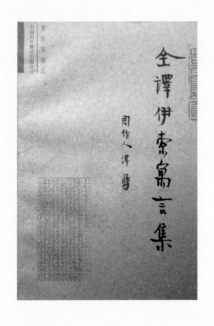

兩個王子

　　兩個王子都是童話中的名篇，《小王子》和《快樂王子》。

　　《小王子》是法國作家聖埃克蘇佩里（1900 -1944）寫的童話故事，已被翻譯成百多種語言，我手上的中文版，譯者是馬振騁，三聯書店出版。

　　《小王子》的故事是講一個很小星球的唯一居民小王子降落地球的撒哈拉沙漠，遇見失事飛機機師（即本文作者）的故事。是一個哲理性的童話，不同的讀者可以有不同的解讀，我覺得它主要是講人和人、人和物的關係。書中出現一個詞「馴養」（tame），意思是建立感情聯繫。小王子在他的星球上種了一朵玫瑰花，為它澆水，為它禦寒，玫瑰給他香氣，也給他一些麻煩和折磨，就像兩個相愛的人那樣，於是他們互相馴養了。小王子見過地球上一個玫瑰園裏的五百朵玫瑰，但是辨認不出每一個，因為他們沒有感情聯繫。

　　我想作者是想鼓勵我們與這世界的眾生建立感情

聯繫，譬如我們領養了某地一個孩子，我們就連帶關心他所處的地方。這是人類和平互愛的根本。

《快樂王子》是英國作家王爾德（1854-1900）寫的童話。快樂王子是豎立在某個城市的雕像，一隻本應遷徙往溫暖地方的小燕子應他的要求，把雕像身上的寶石和純金拿去送給貧苦的人，包括兩隻眼球。結果小燕子凍死了，王子也心碎破裂。作者讓他們上升到天堂，快樂地生活其中。

這是一個人道主義的作品，鼓勵為不幸者作出善行，是一個有明顯教育意義的故事。

《愛麗絲夢遊奇境》

《愛麗絲夢遊奇境》Alice's Adventures in Wonderland 以它的奇思妙想、豐富趣味，在童話故事中獨具一格，佔有不可替代的位置。

作者英國童話家 Lewis Carroll 今年（2022）是他誕生一百九十年，看他的這本書一樣感覺新鮮。

故事講一個小女孩跟姐姐一起在河邊休息，不覺進入夢鄉，夢中所見所遇，都與現實生活截然不同，因為既然是夢，就可以隨意發揮。小女孩可以吃不同的東西變大變小，變大時眼淚流成水池，可在其中游泳；變小時，只有蘑菇高，可以跟毛毛蟲對話。兔子、老鼠都講人話。貓兒會笑，會隱形；隱形後還能留下笑在空間。甲魚哭個不停，但他的傷心只是夢境。

但夢中許多細節卻又跟一個小女孩的經驗有關，她學過的數學，她背誦過的詩歌，她玩過的撲克，她抱過的嬰孩，她養過的貓，她在書本上看到過的法庭，她見過的霸道女人，她見過的暴躁的廚娘都在故事中以「錯體」出現。

　　中文有好些不同的譯本，最受稱讚的是語言學家趙元任 1921 年的譯本，他把本屬英語的修辭趣味，譯成中文相應的言語文字的趣味，包括那些兒歌，還像原文那樣押了韻。

　　我手上有 Dalmatian Press 的英文縮本，有俄文注釋的英文版 *Alice in Wonderland*，有新疆人民出版社的《愛麗絲奇遇記》。公元 2000 年台灣的經典傳訊出版了我所見最佳版本，採用了趙元任的翻譯，另由海倫‧奧森貝里做了精美的插圖，硬皮精裝，厚紙印刷。是我的珍藏。

《安徒生童話》

童話之中沒有誰寫得比安徒生更美更好的了。

安徒生 Hans Christian Andersen，丹麥人，生於 1805，1875 年離世，留下童話和故事一百三十七篇，其中不少有世界性的知名度。

我在這裏向大家推薦其中四個。

《醜小鴨》説的是在鴨媽媽孵出來的小鴨中，有一隻特別難看，他受到各方的歧視和欺凌，有一個痛苦艱辛的童年。出乎意料的他成長為一隻美麗的天鵝，為眾人讚美。故事説：「只要你是天鵝蛋，就是生在養雞場裏也沒有什麼關係。」這其實是安徒生的自我比喻，他也有一個被欺負、打壓的童年，因為他是貧窮補鞋匠的兒子，而且父親早死。他憑自己的努力，贏得世界性的榮耀，但他一點也不驕傲。

《皇帝的新衣》説的是一個愚蠢的國王，為騙徒所騙，「穿」着不存在的新衣出巡，附和的大臣、低智的國民都以為看不到新衣只因自己愚蠢，不敢指出還隨口讚美。直到一個小孩最後叫了出來：「可是他

什麼衣服也沒有穿呀！」（But he has nothing on!）引發了羣眾同樣的呼喊。尷尬的皇帝仍要硬着頭皮完成他的遊行大典，跟在他後面的內臣，手中托着一條並不存在的後裙。安徒生藉故事給兒童的天真和誠實最高的評價。

《海的女兒》一個美麗、哀傷的人魚故事，如今往丹麥哥本哈根旅行，總會去海旁看看這動人的故事主角的塑像。我重讀這故事時，注意到其中幾句：「我們向炎熱的國度飛去，在那兒，散布病疫的空氣在傷

害着人民，我們可以吹起清涼的風，我們可以把花香在空中傳播，我們可以散布健康和愉快的情緒。」是的，如今地球上許多地區，正等待他們的來臨。

　　《賣火柴的小女孩》一個貧窮小女孩在除夕夜冷凍而死的故事，是作者對人間不平的強烈控訴。結語是：「她曾經多麼幸福地跟着她的祖母一起走到新年的幸福中去。」這「幸福」兩個字是對殘酷現實最大的諷刺。

《木偶奇遇記》

　　《木偶奇遇記》是一本有趣的書，從一開始就有一件件奇妙的事吸引讀者。像木頭會說話，說了謊話鼻子會長。

　　作者是意大利的科羅荻 C. Collodi（1826-1890），他塑造的主角木偶匹諾曹（Pinocchio），在意大利是個家喻戶曉的名字。我手上有徐調孚的中文譯本。

　　科羅荻有個意願就是把本書寫成一本教育性的書，因此他讓小木偶有種種缺點：懶惰、貪玩，到最後成為有生命的真孩子。

　　故事中兩個最重要情節，一個是他被騙去「玩物國」玩耍了五個月，最後變成驢子。從最先長出驢子耳朵到最後長出驢子尾巴，不再會講話，只會像驢子叫。正如書中提出的警告：「凡是懶惰的孩子，不喜歡書籍、學校、先生的孩子和一天到晚尋開心、遊戲、玩耍的孩子，結果都是要變成小驢子的。」

　　另一個重要情節是匹諾曹到巨大的狗鯊魚肚子裏救爸爸，那真是一個奇景：「他看見那裏放着一張小

桌子，上面點一枝蠟燭，插在一隻綠色的玻璃瓶裏，坐在桌子後面的是一個白鬚白髮的小老人。他慢慢地吃着幾個鮮龍活跳的小魚……」

這正是他的爸爸，狗鯊魚吞吃了他，也吞吃了一隻商船，船上有許多吃的東西，讓老人家活了兩年。

作者讓他在夢中聽見仙子說，他的過失都被寬恕了，而凡是侍奉父母的孩子，將來總會有幸福。

最後匹諾曹變成一個真孩子，他說：「當我是一個木偶的時候，我是怎樣的頑皮啊！我現在變了一個真的活的孩子了，我是怎樣的快活啊！」

所有真的、活的孩子們看到這裏，應該懂得珍惜他們的身分，做一個愛讀書、愛工作、愛父母的好孩子。

《愛的教育》

夏丏尊翻譯了意大利作家亞米契斯的《愛的教育》，他在《譯者序言》中說：「書中敍述親子之愛，師生之情，朋友之誼，鄉國之感，社會之同情，都已近於理想的世界，雖是幻影，使人讀了覺到理想世界的情味，以為世間要如此才好。於是就不覺感激了流淚。」

夏丏尊在譯時、重讀時、想到自己為師為父的不足而慚愧時，流淚了一次又一次。而我在閱讀時、向學生講述時，總是一次又一次的會哭。

其中最令我感動的兩個故事是《少年筆耕》和《爸爸的看護者》。

《少年筆耕》中的少年，因為想減輕父親的辛勞，夜間偷偷幫父親抄寫雜誌社的地址封條，卻因為睡眠不足，上課時打瞌睡，影響了成績。老師把情況告訴他父親，因此他被父親責備，說出絕情的話語。在他決定抄寫最後一次時，終於被父親發現，他父親懊悔和痛惜的那一段，我看一次鼻酸一次。每次對學生講

到這裏都哽咽。

《爸爸的看護者》中的大男孩，被媽媽派去醫院迎接因病住院的父親。因為多時沒見和護士的誤會，他把另一個無人陪伴的病人錯當自己的父親，照料多日。在他父親出院那天父子終於重逢，而被他照顧的「爸爸」已垂危。當大男孩要求父親讓他留下陪伴那陌生人到最後一刻，父親允許並且誇獎他時，我深深感動了，因為這出自美麗人性的無私的愛。

　　這本書影響了我怎樣做父親、怎樣從老師，並且寫了一本《新愛的教育》。

阿濃身邊的故事

作　　者：阿濃
責任編輯：黃稔茵
美術設計：黃觀山
出　　版：山邊出版社有限公司
　　　　　香港英皇道 499 號北角工業大廈 18 樓
　　　　　電話：(852) 2138 7998
　　　　　傳真：(852) 2597 4003
　　　　　網址：http://www.sunya.com.hk
　　　　　電郵：marketing@sunya.com.hk
發　　行：香港聯合書刊物流有限公司
　　　　　香港荃灣德士古道 220-248 號荃灣工業中心 16 樓
　　　　　電話：(852) 2150 2100
　　　　　傳真：(852) 2407 3062
　　　　　電郵：info@suplogistics.com.hk
印　　刷：中華商務彩色印刷有限公司
　　　　　香港新界大埔汀麗路 36 號
版　　次：二○二二年四月初版

ISBN: 978-962-923-490-4

本書第 30、33、35、59、64、72、79、85、91、93、98（雨、星空）、
109（山、牆）頁的圖片由 Shutterstock 提供。
本書第 95 頁的圖片由新雅文化事業有限公司提供。